Tschingis
Aitmatow

Die Träume
der Wölfin

Zu diesem Buch

Tiergestalten lassen sich aus Aitmatows Werk nicht wegdenken. Wie die Hirschmutter in »Der weiße Dampfer«, der Paßgänger Gülsary in »Abschied von Gülsary« oder die Wölfe Akbara und Taschtschajnar in »Der Richtplatz« spielen sie neben den Menschen oft eine tragende Rolle in seinen Romanen und Erzählungen. Und in manchem essayistischen Text versteckt sich eine Erzählung oder Erinnerung rund um eine Tiergestalt. In diesem Sammelband werden sie zusammengeführt.

Bevor er Schriftsteller wurde, arbeitete Tschingis Aitmatow als ausgebildeter Tiermediziner. Aber über dieses Wissen hinaus spricht aus seinen Tiergeschichten eine innere, intuitive Verbundenheit: »Wenn die Tiere in der Literatur bisher aus der menschlichen Sichtweise dargestellt wurden, so möchte ich die Welt mit ihren Augen betrachten.«

Der Autor

Tschingis Aitmatow ist 1928 in Kirgisien geboren. Nach der Ausbildung an einem landwirtschaftlichen Institut arbeitete er zunächst als Viehzuchtexperte in einer Kolchose. Nach ersten Veröffentlichungen zu Beginn der fünfziger Jahre besuchte er das Gorki-Literatur-Institut in Moskau und wurde Redakteur einer kirgisischen Literaturzeitschrift, später der Zeitschrift »Novyj Mir«. Mit »Dshamilja« erlangte er Weltruhm.

Tschingis Aitmatow

Die Träume der Wölfin

Tiergeschichten

Unionsverlag
Zürich

Dieser Band versammelt Tiergeschichten
aus folgenden Werken von Tschingis Aitmatow:

Die Träume der Wölfin aus »Der Richtplatz«
Unionsverlag Taschenbuch 13, Zürich 1991

Gülsary der Paßgänger aus »Abschied von Gülsary«
Unionsverlag Taschenbuch 16, Zürich 1992

Die Hirschmutter aus »Der weiße Dampfer«
Unionsverlag Taschenbuch 25, Zürich 1992

Der Jäger Kodshodshasch aus Tschingis Aitmatow/Daisaku Ikeda,
»Begegnung am Fudschijama«, Unionsverlag, Zürich 1992

Die Klage des Zugvogels aus dem Erzählband mit demselben Titel
Unionsverlag Taschenbuch 32, Zürich 1993

Unionsverlag Taschenbuch 76
© by Unionsverlag 1996
Rieterstrasse 18, CH-8059 Zürich, Telefon 01-281 14 00
Alle Rechte vorbehalten
Umschlaggestaltung: Heinz Unternährer, Zürich
Druck und Bindung: Clausen und Bosse, Leck
ISBN 3-293-20076-1

Die äußersten Zahlen geben die aktuelle Auflage
und deren Erscheinungsjahr an:

2 3 4 5 – 99 98

Inhalt

Die Träume der Wölfin
7

Gülsary der Paßgänger
53

Die Hirschmutter
79

Der Jäger Kodshodshasch
99

Die Klage des Zugvogels
105

Die Träume der Wölfin

Nach der kurzen und wie vom Atem eines Kindes hingehauchten Erwärmung des Tages auf den zur Sonne geneigten Gebirgshängen schlug unfaßbar rasch das Wetter um. Von den Gletschern her setzte der Wind ein, durch Spalten und Schluchten drang buckelig und spitz die Dämmerung vor und trug unmerklich das kalte Graublau der bevorstehenden Schneenacht mit sich.

Schnee gab es in Massen ringsum. Über den gesamten Höhenzug um den Issyk-Kul waren die Berge von Schneewehen zugedeckt; über diese Gegend war vor ein paar Tagen ein Sturm hinweggefegt wie Feuer, nach Laune dieses eigenwilligen Elements plötzlich auflodernd. Unheimlich, was sich da so heftig abspielte – die Berge verschwanden in der undurchdringlichen Finsternis des Schneesturms, und es verschwand der Himmel, als hätte sich die eben noch sichtbare Welt in ein Nichts verwandelt. Dann kam alles zur Ruhe, und das Wetter klarte rundum auf. Seit der Befriedung des Schneesturms standen die Berge gefesselt von riesigen Verwehungen in der erstarrten und allem auf der Welt entrückten, erkalteten Stille.

Und nur dieses beharrlich anwachsende und zunehmende, sich nähernde dumpfe Rattern eines Großraumhubschraubers, der sich zu jener vorabendlichen Stunde durch den Cañon Usum-Tschat hindurcharbeitete, hin zum Gletscherpaß Ala-Möngkü, der in windiger Höhe von Wolkengespinsten eingenebelt war, es steigerte sich mehr und mehr, kam heran, anhaltend von Minute zu Minute stärker werdend, es gewann schließlich die Oberhand, es ergriff die Herrschaft über den ganzen

Raum und schickte sich an, mit einem alles erdrückenden, dröhnenden Getöse über die nur für Laute und Licht erreichbaren Grate, Gipfel und Wolkengletscher zu schwimmen. Um das zwischen Felsen und Schluchten vielfach widerhallende Echo vermehrt, rückte das bedrohliche Gedröhn hoch oben mit einer derart unabwendbaren und furchterregenden Kraft voran, daß es schließlich schien, als fehlte nur wenig, und das Schreckliche geschähe, wie damals beim Erdbeben ...

In einem kritischen Moment geschah es dann auch: Von einem steilen, durch die Winde nacktgefegten Berghang, der unter der Flugbahn lag, löste sich unter dem Schlag des Schalls etwas Geröll und kam sofort wieder zum Halt, wie geronnenes Blut. Dieser Stoß genügte indessen, daß sich vom bebenden Boden einige wuchtige Gesteinsbrocken aus dem Steilhang losrissen und weit in die Tiefe hinabrollten, immer schneller und heftiger, Staub und Schotter hinter sich aufwirbelnd, durch Stauden von Rotweide und Berberitze hindurch, eine Schneewehe völlig zersprengten, bis sie am Fuß des Steilhangs wie eine Kanonenkugel einschlugen und die Höhle erreichten, die hier von Grauwölfen in der Nähe eines halb zugefrorenen warmen Baches gebaut war, unter einem ausladenden Felsen, an einer von Gestrüpp verdeckten tiefen Spalte.

Die Wölfin Akbara sprang vor den herabstürzenden Steinbrocken und dem niedersprühenden Schnee zurück und wich rückwärts in die Dunkelheit der Spalte, gespannt wie eine Feder, mit gesträubter Nackenmähne und mit wild glühenden, im Halbdunkel phosphoreszierenden Augen, bereit, sofort und augenblicklich zu kämpfen. Aber ihre Ängste waren dieses Mal unnötig. In offener Steppe ist das schrecklich, wenn du, auf der

Flucht vor einem dich verfolgenden Hubschrauber, nirgendwohin springen kannst, während er unablässig deiner Fährte nachjagt, dich einholt, dich mit dem Sausen der Rotoren betäubt und von oben herab mit Feuerstößen aus Maschinenpistolen angreift, wenn es also in der Welt überhaupt keine Rettung mehr vor einem Hubschrauber gibt und die Erde sich auch nicht auftut, um den Gejagten Zuflucht zu gewähren, wenn es keine solche Spalte gibt, wo du dein ewig verwegenes Wolfshaupt vergraben könntest ...

In den Bergen ist es ganz und gar anders – hier kannst du immer davonspringen, immer etwas finden, wo du dich verbergen und die Gefahr abwarten kannst. Aber die Urangst ist nie vernünftig, und erst recht nicht die vor kurzem erkannte und erlebte. Mit dem Herannahen des Hubschraubers begann die Wölfin laut zu winseln, krümmte sich, den Kopf verbergend, zusammen, und trotzdem hielten es die Nerven nicht aus, mit einem Ruck riß sich Akbara los und heulte auf, erfaßt von ohnmächtiger, blinder Furcht, und kroch auf dem Bauch krampfhaft zum Ausgang vor, böse und verzweifelt die Zähne fletschend, bereit, auf der Stelle zu kämpfen, als könne sie es damit in die Flucht schlagen, dieses über dem Spalt dröhnende eiserne Ungeheuer, bei dessen Erscheinen sogar die Steinbrocken von oben herabzuprasseln begannen wie beim Erdbeben.

Auf das panische Geheul Akbaras hin zwängte sich ihr Wolf in die Höhle – Taschtschajnar, der sich seit der Zeit, da die Wölfin schwer trug am Leib, meistens außerhalb der Höhle befand, in der Abgeschiedenheit des dichten Gestrüpps. Taschtschajnar, er hatte seiner zerschmetternden Kiefer wegen von den Hirten der Gegend seinen Namen – Steinbrecher – bekommen, kroch zu Akbaras Ruhelager, um sie knurrend zu beruhigen, als wollte er sie mit seinem Körper vor Unglück schützen. Sie preßte sich an seine Seite, und immer fester an ihn gedrückt, winselte die Wölfin weiter, als flehte sie klagend den ungerechten Himmel oder irgend jemand an, vielleicht ihr unglückliches Schicksal, und sie konnte sich, am ganzen Körper zitternd, noch lange nicht beherrschen, sogar als der Hubschrauber schon jenseits des mächtigen Gletschers Ala-Möngkü verschwunden und hinter den Wolken gar nichts mehr von ihm zu hören war.

Und in dieser allumfassenden Bergstille, die alles verschlang, als sei die Lautlosigkeit des Weltalls eingebrochen, verspürte die Wölfin plötzlich in ihrem reifenden Leib lebendige Stöße und Regungen. So war es auch gewesen, als einmal Akbara, noch in den ersten Zeiten ihres Jagdlebens, im Sprung eine große Häsin geschlagen hatte: Im Bauch der Häsin waren damals auch solche Regungen unsichtbarer Wesen aufgekommen, und dieser seltsame Umstand hatte die junge, neugierige Wölfin gar sehr verwundert und gebannt, argwöhnisch hatte sie auf ihr Opfer geschaut und erstaunt die Ohren gespitzt. Das war so wundervoll und unbegreiflich gewesen, daß sie sogar versucht hatte, ein Spiel mit den unsichtbaren Körpern anzufangen, genauso wie es die Katze mit den halbtoten Mäusen zu treiben pflegt. Und nun nahm sie selbst in ihrem Inneren eine solche lebende Last wahr, da gaben welche Zeichen von sich, die unter günstigen Umständen binnen anderthalb bis zwei Wochen das Licht der Welt erblicken würden. Doch vorerst waren die Tierjungen vom Schoß der Mutter noch untrennbar, ein Teil ihres eigenen Wesens, und deshalb erlebten sie auch bis zu einem gewissen Maß im entstehenden, noch unklaren, nebelhaften embryonalen Vorbewußtsein denselben Schrecken, dieselbe Verzweiflung wie, zu dieser Stunde, die Wölfin selbst. Das war ihre erste Fernberührung mit der Außenwelt, mit der sie erwartenden feindseligen Wirklichkeit. Das brachte sie auch dazu, sich im Leib zu bewegen und damit auf das Leiden der Mutter zu reagieren. Auch für sie war es schrecklich, die Angst hatte ihnen das Blut der Mutter übertragen.

Aufmerksam dem lauschend, was ohne ihren Willen ablief, lauschend der in ihrem Schoß auflebenden Last, geriet Akbara in Erregung. Das Herz der Wölfin begann wiederholt zu stechen und füllte sich mit Kühnheit und Entschlossenheit, unbedingt die zu verteidigen und vor jedweder Bedrohung zu schützen, die sie in sich austrug. Jetzt hätte sie es bedenkenlos mit jedem und allem aufgenommen. In ihr war der große natürliche Instinkt erwacht, die Nachkommen zu erhalten. Zugleich spürte Akbara das Bedürfnis wie eine heiße Welle heranströmen, zu liebkosen, zu erwärmen und lange, lange Zeit den Säugern Milch zu geben, als wären sie bereits an ihrer Seite. Das war ein Vorgefühl des Glücks. Und sie stöhnte vor Zärtlichkeit, vor Erwartung, daß Milch in die rot und prall geschwollenen, riesigen, in zwei Reihen am Wanst herausragenden Zitzen trat, ein Gefühl der Wonne durchzog langsam den ganzen Körper, und so rückte sie erneut zu ihrem graumähnigen Taschtschajnar hin, um sich endgültig zu beruhigen. Er war gewaltig, sein Fell war warm, kräftig und geschmeidig. Und sogar er, der mürrische Taschtschajnar, erfühlte, was die Wolfsmutter, die sich immer enger an ihn schmiegte, verspürte, und er witterte, was in ihrem Schoß vor sich ging, und war also auch davon berührt.

Ein Ohr aufrecht gestellt, hob Taschtschajnar den kantigen, schweren Schädel mit dem düsteren Blick aus den tiefsitzenden, dunklen Augen; in den kalten Pupillen leuchtete schattenhaft ein dumpfes, wohliges Vorgefühl auf; er knurrte dabei verhalten, etwas schnaubend und hustend, und brachte damit wie immer seine gute Laune und die Bereitschaft zum Ausdruck, widerspruchslos der blauäugigen Wölfin zu gehorchen und sie zu beschützen, und er schickte sich an, Akbaras Kopf, ihre leuchtenden blauen Augen und die Schnauze mit seiner breiten, warmen und feuchten Zunge sorgsam reinzulecken. Akbara liebte Taschtschajnars Zunge, wenn sie, vom heftigen Blutstrom heiß geworden, biegsam wurde, schnell und energisch wie eine Schlange, wenn er damit zu spielen begann und sich ihr sehnsüchtig und zitternd vor Ungeduld ergab, sie aber tat anfänglich so, als wäre ihr dies zumindest gleichgültig, sogar dann noch, wenn die Zunge ihres Taschtschajnar weich und feucht war, in den Minuten der Ruhe und Glückseligkeit nach sättigendem Mahl.

Bei diesem Paar reißender Tiere war Akbara der Kopf, sie war der Verstand und verfügte über das Recht, die Jagd zu beginnen, während er die treue, zuverlässige, unermüdliche und ihren Willen unbedingt erfüllende Kraft war. Diese Beziehungen wurden niemals verletzt. Nur einmal hatte es diesen merkwürdigen und unerwarteten Vorfall gegeben, als ihr Wolf bis zum Morgengrauen verschwunden war und mit dem ihr fremden Geruch eines anderen Weibchens zurückkehrte – mit der Ausdünstung schamloser Brunst, die Rüden über Dutzende von Werst scharfmachte und herbeilockte; das hatte in ihr unbändige Wut und Zorn hervorgerufen, und sie wies ihn auch sogleich ab, und unerwartet hatte sie ihm mit ihrem Reißzahn eine tiefe Wunde in der Schulter versetzt und ihn gezwungen, viele Tage lang ununterbrochen hinter ihr herzuhumpeln. Sie hielt diesen Dummerjan in gehöriger Entfernung, von hinten war nur sein Geheul zu hören, und nicht ein einziges Mal antwortete sie darauf, sie wartete nicht auf ihn, als wäre Taschtschajnar nicht ihr Wolf, als gäbe es ihn überhaupt nicht, und wehe, er würde von neuem versuchen, sich ihr zu nähern, sich zu unterwerfen und sie zu verwöhnen, dann würde Akbara ernsthaft ihre Kräfte mit ihm messen – nicht von ungefähr hatte bei diesem von weither zugewanderten graublauen Paar sie den Kopf und er die Beine.

Jetzt war Akbara, nachdem sie sich etwas beruhigt und an der breiten Seite Taschtschajnars angewärmt hatte, ihrem Wolf dankbar dafür, daß er ihre Angst teilte und ihr damit das Selbstvertrauen zurückgab, und deshalb widersetzte sie sich auch nicht seinen eifrigen Liebkosungen, erwiderte sie und leckte seine Lefzen an die zwei Mal; ihre Lähmung, die sie zuvor, in den Minuten panischen Schreckens, überfallen hatte und die immer noch in unerwarteten Krämpfen zu spüren war, richtete ihre volle Aufmerksamkeit auf sich selbst, und sie vernahm dabei, wie sich in ihrem Leib die noch ungeborenen Welpen unverständig und unruhig aufführten; und so war sie mit allem versöhnt, mit der Höhle, mit dem großen Winter in den Bergen, mit der allmählich hereinbrechenden Frostnacht.

So endete für die Wölfin der Tag einer schrecklichen Erschütterung. Vom unausrottbaren Mutterinstinkt beherrscht, fürchtete sie nicht nur um sich, sondern auch um jene, die alsbald in dieser Höhle zu erwarten waren und für die sie das alles gemeinsam mit dem

Wolf ausgesucht und hergerichtet hatte, in der tiefen Spalte unter dem Felsvorsprung, durch allerlei Gestrüpp verborgen, hinter verstreutem Bruchholz und Steinschlag – dieses Wolfsnest war dafür bestimmt, daß die Nachkommenschaft eine Bleibe hatte, ihren Zufluchtsort auf Erden.

Um so mehr, als Akbara und Taschtschajnar in dieser Gegend Zugewanderte waren. Für das erfahrene Auge unterschieden sie sich sogar äußerlich von ihren hier heimischen Artgenossen. Das erste, was die Neuankömmlinge unterschied, waren die für Steppenwölfe charakteristischen hellen Töne der Fellstulpen am Hals, die die Schultern fest umrahmten wie ein prachtvoller silbergrauer Umhang von der Unterbrust bis zum Widerrist. Von Wuchs wie die »Akdshaly«, aber graublaumähnig, überragten sie die gewöhnlichen Wölfe der Hochebene um den Issyk-Kul. Und hätte jemand sie aus der Nähe gesehen, so wäre er sehr erstaunt gewesen – diese Wölfin hatte durchsichtige blaue Augen, ein äußerst seltener, möglicherweise einzigartiger Fall. Die Wölfin hatte unter den hiesigen Hirten den Beinamen Akdaly, die Weißwiderristige, aber schon bald veränderte sie sich nach den Gesetzen der Sprachumwandlung zu Akbary, sodann zu Akbara – die Große –, und dabei wäre es keinem in den Sinn gekommen, daß in alldem ein besonderes Vorzeichen lag ...

Noch ein Jahr zuvor hätte hier niemand solche Graumähnigen erwartet. Als sie dann einmal aufgekreuzt waren, hielten sie sich indes abseits. Anfänglich streunten die Neulinge, um Zusammenstöße mit den einheimischen Hausherren auszuweichen, zumeist in neutralen Zonen der hiesigen Wolfsreviere umher, schlugen sich mit Mühe und Not durch, preschten sogar, auf der

Suche nach Beute, in die Felder hinaus, in die von Menschen bewohnten Niederungen, doch den örtlichen Rudeln schlossen sie sich nicht an — die blauäugige Wölfin Akbara hatte einen viel zu unabhängigen Charakter, um sich Fremden zuzugesellen und ihnen untergeordnet zu sein.

Richter aller Dinge ist die Zeit. Allmählich konnten sich die graumähnigen Zuwanderer selbst durchsetzen; in etlichen grausamen Kämpfen besetzten sie ihr Stück Erde im Hochland um den Issyk-Kul, und nun waren bereits sie, die Eingewanderten, Hausherren, und die einheimischen Wölfe trauten es sich schon nicht mehr, in ihre Reviere einzufallen. Man konnte also sagen, daß sich das Leben der zugezogenen graumähnigen Wölfin am Issyk-Kul ziemlich erfolgreich gestaltete, doch alldem war ihre eigene Geschichte vorausgegangen, und wären Tiere imstande, sich an die Vergangenheit zu erinnern, so hätte Akbara, die sich durch große Aufgewecktheit und feine Wahrnehmung auszeichnete, all das von neuem durchleben müssen, was in ihr, wer weiß, vielleicht Erinnerungen, manchmal gar Tränen und schweres Stöhnen weckte.

In der untergegangenen Welt der fernen Savanne Mujun-Kum hatte das Leben des großen Jagens seinen Lauf genommen, das endlose Verfolgen in den endlosen Weiten der Mujun-Kum, auf den Fährten der endlosen Herden der Saigas. Seit Urzeiten hausten die Saiga-Antilopen in diesen Savannensteppen des ewig dürrholzigen Saxaul, die ältesten aller Paarhufer, so alt wie die Zeit selbst, diese im Lauf ausdauernden Herdentiere mit der aufgeworfenen Schnauze, den breiten rohrförmigen Nüstern, die Luft aus den Lungen mit solcher Kraft ausblasen, wie der Wal durch seine borstigen

Spritzlöcher ganze Ozeanströme bläst, und deshalb mit der Fähigkeit ausgestattet sind, ohne Atempause vom Aufgang bis zum Untergang der Sonne zu rennen, und wann immer sie sich in Bewegung setzten, wurden sie verfolgt von ihren uralten und unzertrennlichen Wölfen; die eine aufgescheuchte Herde versetzte die benachbarte in Panik und jene wiederum die nächste und die weitere, und dann stürzten sich in dieses gemeinsame Rennen die großen und kleinen Herden aus entgegengesetzten Richtungen, die Saigas rasten durch die Mujun-Kum dahin – durchs Gebirge, durch die Täler, über den Sand, wie die Wasser der Sintflut –, da lief die Erde rückwärts davon und dröhnte unter den Hufen wie unterm Hagelgewitter zur Sommerzeit; und die Luft wirbelte von der Bewegung, vom Staub und vom Brandgeruch des unter den Hufen geschlagenen Feuersteins, durchdrungen von dem Geruch des Herdenschweißes, dem Geruch des wahnsinnigen Wettlaufs um Leben und Tod, während die Wölfe, getrennt voneinander laufend, hinterher- und nebenherrannten und versuchten, die Saigaherde in ihren Wolfshinterhalt zu lenken, wo dann inmitten der blattlosen Salzsträucher des Saxaul die Schneidesicheln warteten – reißende Tiere sprangen urplötzlich aus dem Hinterhalt auf den Nacken des ungestüm dahinrennenden Opfers und stürzten, wie ein Kreisel mit der Antilope verknäult, hin und schafften es dabei, die Kehle zu durchbeißen, aus der ein Strom von Blut schoß, und stürzten sich daraufhin von neuem in die Verfolgung; doch die Saigas erkannten irgendwie und oftmals frühzeitig, wo sie der Wolfshinterhalt erwartete, und schafften es, zur Seite auszuweichen, und dann wurde die Treibjagd von neuem aufgenommen, in einem neuen Kreis, mit noch größerer Wucht und Geschwindigkeit, und alle zusammen – die Gejagten und die Verfolgenden – verknäulten sich in eine einzige Kette des grausamen Daseins, gingen ganz auf im Lauf, sie verbrannten ihr Blut wie im Todeskampf, um zu überleben und zu leben, und vielleicht konnte sie nur Gott selbst anhalten, die einen wie die anderen, die Gejagten und Jagenden, denn es ging um Leben und Tod von lebenstrotzenden Kreaturen, die Wölfe nämlich hielten ein derart besessenes Tempo nicht aus, waren nicht geboren, in einer solchen Form des Daseinskampfes zu bestehen, sie brachen im Kampfrennen zusammen und blieben im Staubsturm der dahinbrausenden Verfolgung zurück und verendeten; oder aber, falls sie am Leben blieben, verzogen sie sich danach in andere Gebiete, wo sie in harmlose Schafherden einfielen, für die es kein Davonrennen gab; dafür gab es jedoch dort eine andere Gefahr, die schrecklichste aller denkbaren Gefahren – dort bei den Herden befanden sich Menschen, die Schafsgötter oder auch Schafssklaven, jene also, die selbst leben, aber andere nicht überleben lassen, schon gar nicht, wenn diese von ihnen unabhängig sind und so frei, frei zu sein ...

Menschen, Menschen sind Gottmenschen! Die Menschen machen Jagd auf die Saigas der Savanne Mujun-Kum. Früher waren sie auf Pferden erschienen, in Fell gekleidet, mit Pfeilen bewaffnet, sodann kamen sie mit knallenden Gewehren, sprengten hurrabrüllend hierhin und dorthin, und die Saigaherde stürzte lärmend in die eine oder die andere Richtung, und finde sie dann einer im Saxaulgestrüpp! Es war dann aber die Zeit gekommen, da die Gottmenschen die Treibjagd mit Autos veranstalteten und die Saigas, fast so wie die Wölfe, bis zur Zermürbung jagten, die Antilopen zusammentrieben und sie aus dem fahrenden Wagen niederschossen; und sodann fingen die Gottmenschen an, in Hubschraubern heranzufliegen, orteten die Saigaherden aus der Luft und umzingelten die Tiere nach vorgegebenen Koordinaten; dabei rasten Scharfschützen über die Ebene mit einer Geschwindigkeit bis zu hundert Stundenkilometern und noch mehr, damit die Steppenantilopen nicht entkommen konnten, während die Hubschrauber von oben Ziel und Kurs korrigierten. Autos, Hubschrauber und Schnellfeuergewehre – und das Leben in der Savanne Mujun-Kum kippte um ...

Die blauäugige Wölfin Akbara war noch von halbheller Färbung gewesen und ihr künftiger Wolfsgemahl Taschtschajnar knapp über ihrem Alter, als für sie die Zeit gekommen war, sich an die Mühen des Wolfslebens zu gewöhnen – an die großen Treibjagden. Anfangs schafften sie gerade das Nachsetzen, zerfleischten niedergeworfene Antilopen, töteten nicht ganz Getötete, doch mit der Zeit übertrafen sie viele ihrer erfahrenen Artgenossen an Kraft und Ausdauer, vor allem die alternden. Und wäre alles verlaufen wie von der Natur vorgesehen, dann wäre ihnen bald die Aufgabe von Leittieren des Rudels zugefallen. Aber es war alles anders gekommen ...

Kein Jahr ist dem andern gleich, im Frühling jenes Jahres aber war der Nachwuchs unter den Saigaherden besonders reichhaltig, viele Muttertiere warfen zweimal, war doch im vergangenen Herbst während des Treibens die dürre Grasdecke der Savanne zweimal aufgegrünt, nach einigen ausgiebigen Regenfällen bei heißem Wetter. Die Nahrung war kräftig, daher auch die Zahl der Würfe. Zum Werfen zogen sich die Saigas zu Frühjahrsbeginn in den schneefreien großen Sand zurück, weit in die Tiefe der Mujun-Kum, wohin die Wölfe kaum je gelangten und wo die Jagd auf die Saigas über Wanderdünen ein hoffnungsloses Unterfangen ist. Auf Wüstensand ist die Antilope nicht einzuholen. Doch dafür erhielten die Wolfsrudel das Ihrige im Überfluß zum Herbst und Winter, als die jährlich wiederkehrende Wanderung einen Riesenbestand Antilopen in die Weiten der Halbwüste und der Steppe hinaustrieb. Nun verfügte Gott höchstpersönlich, daß die Wölfe ihren Anteil erhielten. Sogar im Sommer, besonders bei großer Hitze, ziehen es die Wölfe vor, die Saigas nicht anzurühren, andere, leichtere Beute ist genug vorhanden – über die ganze Steppe flitzen zahllose Murmeltiere, sie holen im Winterschlaf Versäumtes nach und müssen während ihres kurzen Sommerlebens all das schaffen, wozu Raubtiere und andere Kreaturen ein ganzes Jahr haben. Der Stamm der Murmeltiere legt also ringsum geschäftige Hast an den Tag und mißachtet die überall lauernden Gefahren. Warum sie nicht fangen, da ja allem seine Stunde schlägt, im Winter kriegt man aber kein Murmeltier – es gibt sie nicht. Auch andere kleine Tiere und Vögel, insbesondere Rebhühner, dienen den Wölfen während der Sommermonate als zusätzliche Nahrung, aber die Hauptbeute bringt die große Herbstjagd auf die Saigas – vom Herbst bis zum Ende des Winters. Wiederum galt hier das Gesetz: alles zu seiner Zeit. Und darin bestand die naturgegebene Zweckmäßigkeit des Lebenskreislaufs in der Savanne. Lediglich Naturkatastrophen und nur der Mensch konnten diesen ursprünglichen Gang der Dinge in der Mujun-Kum zerstören ...

Vor Tagesanbruch kühlt die Luft über der Savanne etwas ab, und erst jetzt verschafft die Nacht Erleichterung, den Lebewesen wird freier zumute, es kommt die Glücksstunde zwischen dem heraufziehenden Tag, trächtig schon mit seiner Sonnenglut, die bis zum Weißglühen die salzige Steppe täglich und unerbittlich durchbäckt, und der scheidenden, schwülheißen Nacht, die das Ihre vollendet hat. Der Mond glüht nun über der Mujun-Kum wie eine gelbe Kugel und taucht die Erde in ein beständiges bläuliches Licht. Nirgendwo, an keinem Horizont ein Anfang oder ein Ende dieser Erde, überall fließen ihre dunklen, unermeßlichen Weiten mit dem Sternenhimmel zusammen. Die Stille lebt, denn alles, was die Savanne bevölkert, alles – die Schlangen ausgenommen – beeilt sich, die kühle Stunde, das Leben zu genießen. Im Tamariskengesträuch piepsen und rascheln die frühen Vögel, geschäftig flitzen die Igel hin und her, die Zikaden, die, ohne je zu verstummen, die ganze Nacht hindurch sangen, zirpen nun mit ganzer Kraft und strecken sich bereits aus ihren Höhlen, nach allen Richtungen äugen die gerade erwachten Murmeltiere und lassen sich noch Zeit bis zum Einsammeln ihres Futters, die abgefallenen Samen des Saxaul. Eine flachköpfige graue Zwergohreule und fünf flachköpfige Eulchen, halbwüchsig und schon völlig befiedert, fähig, die Flügel zu schlagen, flattern mal hierhin, mal dorthin, und sie fliegen – die ganze Familie –, wie sich das gehört, rufen sich ständig fürsorglich zu, ohne sich aus den Augen zu verlieren. Andere Geschöpfe und unterschiedliche wilde Tiere der Savanne tun es ihnen in der vormorgendlichen Dämmerung gleich, jedes auf seine Weise ...

Und der Sommer hielt an, der erste gemeinsame

Sommer der blauäugigen Akbara und Taschtschajnars, die sich bereits als unermüdliche Treiber bei den Zermürbungsjagden auf die Saigas hervorgetan hatten und schon zu den stärksten Wolfspaaren der Mujun-Kum gehörten. Zu ihrem Glück – auch in der Welt der Wildtiere mag es wohl glückliche und unglückliche Wesen geben – waren sie beide, Akbara und Taschtschajnar, mit natürlichen Eigenschaften ausgestattet, die für Steppenräuber der Halbwüstensavanne so lebenswichtig sind: blitzschnelle Reaktion, das Vorausfühlen beim Jagen, eine Art »strategischer« Auffassungsgabe und selbstverständlich außergewöhnliche Körperstärke, Schnelligkeit und Sprungkraft im Lauf. Alles sprach dafür, daß diesem Jägerpaar eine große Zukunft bevorstand, ein Leben, erfüllt von den Beschwernissen der täglichen Nahrungssuche, aber gleichermaßen auch voll der Schönheit ihres Raubtierdaseins. Vorläufig stand ihrer uneingeschränkten Herrschaft über die Steppen der Mujun-Kum nichts im Wege, da ja nur hin und wieder zufällig Menschen in diese Gebiete eindrangen; im übrigen waren sie noch kein einziges Mal einem Menschen von Angesicht zu Angesicht begegnet. Dies würde ihnen wenig später bevorstehen. Und da war noch ein Merkmal des Lebens, genauer gesagt eine Gunst, wenn nicht gar ein Privileg der Schöpfung: Die Raubtiere, wie auch die gesamte Tierwelt, konnten von Tag zu Tag leben, ohne Sorgen und ohne Angst vor dem Morgen. Der Plan der Natur hatte es so eingerichtet, daß die Tiere von dieser verfluchten Daseinslast von Grund auf frei waren. In dieser Gnade der Natur lag aber auch die Tragödie beschlossen, die den Bewohnern der Mujun-Kum auflauerte. Keinem von ihnen war es gegeben, davon etwas zu ahnen. Keinem von ihnen war die

Vorstellung eingegeben, daß letztlich der scheinbar grenzenlose Lebensraum – die Savanne Mujun-Kum, so ausgedehnt und gewaltig, diese Insel im asiatischen Subkontinent-, daß dieser fingernagelgroße gelbbraune Fleck auf der Landkarte Jahr um Jahr von den Rändern her durch umgepflügtes Neuland eingekreist wurde, vom Andrang der zahllosen vor sich hin träumenden Viehherden, die, der Kette artesischer Brunnenlöcher folgend, neue Futterplätze suchten; auch durch die Kanäle und Straßen der Randgebiete und durch die unmittelbar an die Savanne gelegten Erdgasleitungen, die riesigsten ihrer Art; immer hartnäckiger, langfristiger und mit mehr und mehr Technik ausgerüstet, brachen die Menschen auf Rädern mit Motoren und Funkausrüstungen zu den Wasservorräten in die Tiefe aller Wüsten und Halbwüsten ein, darunter auch der Mujun-Kum, und daß dieses Einbrechen schon nicht mehr die geographischen Entdeckungen selbstloser Gelehrter waren, deren sich die Nachfahren stolz rühmen, sondern eine ganz und gar gewöhnliche Sache von ganz und gar gewöhnlichen Menschen, zu der beinahe jeder fähig ist. Den Bewohnern der einzigartigen Savanne Mujun-Kum war noch weniger das Wissen eingegeben, daß alles, was in der menschlichen Gesellschaft gewöhnlich geworden ist, in sich die Quelle des Guten wie des Bösen auf der Welt verbirgt. Und daß es ganz von den Menschen selbst abhängt, wohin sie diese Kraft des Gewöhnlichen lenken – zum Guten oder zum Schlimmen, zum Erschaffen oder zum Verwüsten. Und erst recht nicht ahnen konnten die Geschöpfe der Savanne Mujun-Kum jene feingesponnenen Qualen, die den Menschen, seit sie denkende Wesen geworden waren, bis aufs äußerste zusetzen, wenn sie versuchen, sich selbst zu erkennen, und dennoch das Wesen jenes uralten Rätsels nicht durchschauen: weshalb das Böse fast immer das Gute besiegt.

All diese Menschheitsfragen konnten, nach Logik der Dinge, die Raubtiere und die anderen Geschöpfe der Mujun-Kum nicht berühren, denn sie lagen außerhalb ihrer Natur, außerhalb ihrer Instinkte und Erfahrung. Und im großen und ganzen hatte vorläufig noch nichts die Lebensweise dieser gewaltigen Steppe verletzt, über die heißen Ebenen und Wellen erstreckt sich die Halbwüste, und nur hier wachsen und gedeihen die dürrebeständigen Arten der Tamariske, einer Pflanze, halb Strauch, halb Baum, hart wie Stein und verdrillt wie Schiffstau, hier gedeiht der sandige Saxaul und allerlei hartes Weidegewächs, vor allem der spitzbogige, schilfige Tschij, diese flimmernde Pracht der Halbwüste, das Steppenrohrgras, das in Mond und Sonne schimmert wie ein goldener durchsichtiger Wald aus Gesträuch und Gestrüpp, in dem jeder wenigstens von der Größe eines Hundes bei erhobenem Kopf alles – wie in seichtem Wasser – um sich herum sieht, so wie er selbst gesehen werden kann.

In dieser Gegend erfüllte sich auch das Schicksal des neuen Wolfspaares Akbara und Taschtschajnar, und sie hatten zu dieser Zeit – das wichtigste im Leben der Tiere – schon ihre Erstlinge, die drei Welpen aus dem ersten Wurf, die Akbara in jenem denkwürdigen Frühling in der Mujun-Kum zur Welt gebracht hatte, in der denkwürdigen Höhle, die sie in der Talsenke, unter der ausgewaschenen Wurzel des Saxaul, ausgewählt hatten, nahe beim halbdürren Tamariskenhain, wohin man bequem die Wolfsjungen zum Aufziehen hinausführen konnte. Die Wolfsjungen hielten bereits die Ohren aufrecht, entwickelten ihre Eigenheiten, obgleich ihre Ohren beim gemeinsamen Spielen auf Welpenart zur Seite knickten; auch auf den Beinen fühlten sie sich bereits ziemlich sicher, und immer häufiger hefteten sie sich zu kleinen und größeren Ausflügen an die Fährte der Eltern.

Unlängst hatte ein solcher Ausflug, der sie einen ganzen Tag und die Nacht von der Höhle wegführte, mit einem unerwarteten Unheil geendet.

An jenem frühen Morgen führte Akbara ihre Welpen an den fernen Rand der Savanne von Mujun-Kum, wo in den Weiten der Steppe, besonders in den dumpfen, tiefen Schluchten und Mulden, halmige Gräser wachsen, die einen schweren, mit nichts vergleichbaren, berauschenden Duft von sich geben. Schlendert man lange durch diese hohen Gräser, so spürt man zunächst eine ungewöhnliche Leichtigkeit in den Bewegungen, wie ein angenehmes Gleiten über der Erde, sodann kommt es zu Schlaffheit in den Beinen und zu Schläfrigkeit. Akbara erinnerte sich an diese Plätze noch von der Kindheit her, sie stattete diesem Ort einmal im Jahr, wenn die betäubenden Gräser blühten, einen Besuch ab. Unterwegs jagte sie kleines Steppenfederwild und liebte es dann, sich in dem hohen Gras leicht zu berauschen und sich in den heißen Schwaden des gräsernen Duftes herumzuwälzen, im Lauf dieses Schweben zu verspüren und dann einzuschlummern.

Dieses Mal waren Taschtschajnar und sie schon nicht mehr allein – ihnen folgten die Wolfsjungen, drei plumpe, langbeinige Welpen. Für den Nachwuchs gehörte es sich, bei den Ausflügen möglichst viel vom umliegenden Land kennenzulernen, sich von Kindheit an seine künftigen Wolfsreviere anzueignen. Die Stellen der stark duftenden Gräser, wohin die Wölfin sie führte, um sie damit vertraut zu machen, markierten die Reviergrenzen, dahinter erstreckte sich eine fremde, unüberschaubare Welt, dort konnten Menschen sein, von dort trug es bisweilen langgezogene, heulende, herbstliche Winde, die Dampfpfeifen von Lokomotiven, das war die den Wölfen feindliche Welt. Dorthin, an diese Grenze der Savanne, zogen sie, von Akbara geführt.

Hinter Akbara folgte, gemächlich trabend, Taschtschajnar, während die Wolfsjungen, ausgelassen vor lauter überschüssiger Energie, herumtollten, immerzu darauf erpicht, vorauszuspringen, doch die Wolfsmutter erlaubte ihnen eine derartige Eigenmächtigkeit nicht, sie achtete streng darauf, daß es niemand wagte, den Pfad vor ihr zu betreten ...

Zunächst kamen sie durch sandigen Boden zwischen dem Saxaulgehölz und dem Wüstenwermut, die Sonne stieg immer höher und kündigte damit, wie gewohnt, klares, heißes Savannenwetter an. Gegen Abend schon hatte die Wolfsfamilie die Savannengrenze erreicht. Just vor Anbruch der Dunkelheit. Die Gräser standen in diesem Jahr hoch und reichten den ausgewachsenen Wölfen fast bis zum Widerrist. Erhitzt von der heißen Sonne des Tages, strömten die unansehnlichen Blüten an den flauschigen Halmen einen starken Duft aus, und besonders an den Stellen, wo das Gewächs eng gedrängt stand, verdichtete sich der Duft jenes Grases. Hier richteten sich die Wölfe nach der langen Wegstrecke in einer kleinen Schlucht einen Rastplatz ein. Die unermüdlichen Wolfsjungen wollten sich indessen nicht ausruhen, ja sie rannten immerfort umher, berochen und beäugten alles, was an dem unbekannten Ort ihre Neugierde weckte. Die Wolfsfamilie hätte da wohl die ganze Nacht verbringen können, um so mehr, als die Raubtiere sich ausgezeichnet gesättigt und ausgiebig den Durst gestillt hatten – unterwegs hatten sie es geschafft, einige fette Murmeltiere und Hasen zu reißen, allerlei Nester zu plündern, getrunken hatten sie an der Quelle in einer Schlucht, die am Weg lag –, aber ein außergewöhnliches Ereignis veranlaßte sie, diesen Ort vorzeitig zu verlassen und nach Hause umzukehren, zur Höhle in der Tiefe der Savanne. Die ganze Nacht über liefen sie.

Was war geschehen? Die Sonne war schon im Untergehen, als Akbara und Taschtschajnar, von den Düften des betäubenden Grases leicht berauscht, sich im Schatten von Sträuchern zum Schlaf ausstrecken und plötzlich nicht weit entfernt eine menschliche Stimme vernahmen. Als erste hatten den Menschen die Wolfsjungen gesehen, die miteinander über der kleinen Schlucht spielten. Die Raubtierjungen konnten nicht ahnen, daß dieses plötzlich aufgetauchte Wesen ein Mensch war. Ein Menschenwesen – völlig nackt bis auf eine Badehose am Leib und an bloßen Füßen Turnschuhe, mit einem einst weißen, inzwischen gehörig abgenutzten, schmutzigen Panama auf dem Kopf – rannte so splitternackt durch ebendiese Gräser. Es rannte seltsam, suchte das Gewächs und lief dort unentwegt zwischen den Halmen vor und zurück, als bereite es ihm Vergnügen.

Die Wolfsjungen hielten sich zunächst versteckt, sie waren verwundert und fürchteten sich ein bißchen – so etwas war ihnen noch nie begegnet. Und der Mensch rannte und rannte immerzu durch die Gräser wie ein Verrückter. Die Wolfsjungen faßten nun etwas Mut, die Neugierde siegte, sie wollten mit ihm ein Spiel anfangen, mit diesem merkwürdigen Läufer, diesem überdrehten, nie gesehenen, nackthäutigen zweibeinigen Raubtier. Und da hatte auch der Mensch die Wolfsjungen entdeckt. Und das erstaunlichste war: Statt sich in acht zu nehmen und darüber nachzudenken, wieso hierher auf einmal Wölfe kamen, ging dieser Kauz zu den Wolfsjungen hin und streckte ihnen zärtlich die Hände entgegen.

»Oho, schau mal einer, was ist denn das?« rief er aus, schwer schnaufend und sich den Schweiß aus dem Gesicht wischend. »Doch nicht etwa ein Wölflein? Oder kommt mir das nur so vor, weil mir schwindelt? Ja, nein, dreie sind es, so hübsche und so große Kerlchen! Ach, ihr meine süßen, wilden Dingerchen! Woher kommt ihr denn, und wohin wollt ihr? Was macht ihr denn da? Mich hat wohl der Teufel hierhergeführt, aber was tut ihr da in diesen Steppen unter dem verfluchten Gras? Nun kommt schon, kommt doch her zu mir, habt keine Angst! Ach, ihr Dummerchen, ihr meine lieben wilden Tierlein!«

Die unverständigen Wolfsjungen folgten tatsächlich seinen Koseworten. Schwanzwedelnd drückten sie sich verspielt zur Erde, krochen zum Menschen hin, in der Hoffnung auf einen Wettlauf, als auf einmal Akbara aus der Schlucht heraussprang. Die Wölfin hatte die Gefährlichkeit der Lage augenblicklich erkannt. Dumpf knurrend stürzte sie sich auf den nackten Menschen, den die Strahlen der untergehenden Steppensonne rosafarben anleuchteten. Es hätte sie keinerlei Mühe gekostet, ihm mit den Eckzähnen kräftig die Kehle oder den Bauch zu zerfetzen. Aber der Mensch, beim Anblick der wütend anfallenden Wölfin völlig verstört, hockte sich nieder und faßte sich dabei aus Angst an den Kopf. Das war es auch, was ihn rettete. Schon im Anlauf hatte

Akbara ihre Absicht geändert. Sie sprang über den Menschen hinweg, den nackten und schutzlosen, den sie mit einem Schlag hätte vernichten können, sie sprang über ihn hinweg, erspähte die Züge seines Gesichts und die vor unheimlicher Angst erstarrten Augen, sie witterte in jener Sekunde die körperliche Ausdünstung des Menschen, wandte sich erneut um, nachdem sie ihn übersprungen hatte, um ein zweites Mal in der anderen Richtung über ihn hinwegzusetzen. Ohne zu verharren, stürzte Akbara zu den Wolfsjungen, trieb sie weg und drängte sie ab zur Schlucht, stieß dort mit Taschtschajnar zusammen, biß den Wolf, packte rechtzeitig auch ihn, der beim Anblick des Menschen seine Nackenmähne schrecklich gesträubt hatte, und sie alle trollten sich im Haufen hinab in die Schlucht und waren augenblicklich verschwunden ...

Und erst jetzt kam es diesem nackten und unbeholfenen Typen in den Sinn, vor den Wölfen davonzurennen. Er rannte lange durch die Steppe, ohne sich umzusehen und zu verschnaufen ...

Das war die erste zufällige Begegnung Akbaras und ihrer Familie mit dem Menschen gewesen. Aber wer konnte wissen, was diese Begegnung ankündigte ...

Der Tag neigte sich dem Ende zu, er klang aus mit einer langen, überschüssigen Glut von der untergehenden Sonne, von der tagsüber aufgeheizten Erde. Sonne und Steppe bestehen seit Ewigkeiten: Nach der Sonne bemißt man die Steppe, die Größe des von der Sonne beleuchteten Raumes. Und der Himmel über der Steppe bemißt sich nach der Höhe, die der Milan im Flug erreicht hat. Zu jener Stunde vor Sonnenuntergang kreiste über der Savanne Mujun-Kum in schwindelnder

Höhe ein ganzer Schwarm weißgeschwänzter Milane. Sie flogen, als wären sie entrückt, schwammen ziellos, selbstvergessen und schwebend den Flug um des Fluges willen vollendend, in ihrer immerfort kühlen, von einem Dunstschleier verhüllten, wolkenlosen Höhe. Einer hielt sich am andern, alle kreisten in einer Richtung, als wollten sie damit die Ewigkeit und die Unerschütterlichkeit dieser Erde und dieses Himmels versinnbildlichen. Die Milane gaben keinerlei Laut von sich, sondern beobachteten nur schweigend, was sich da tief unter den Flügeln abspielte. Dank ihrer außerordentlichen, alles erfassenden Spähkraft, dank ihres Sehvermögens (das Gehör steht bei ihnen an zweiter Stelle) hatten diese aristokratischen Greifvögel die Oberhoheit über die Savanne; auf die sündhafte Erde ließen sie sich lediglich zur Nahrungsaufnahme und fürs Nachtlager herab.

Sie beobachteten wohl zu jener Stunde aus unermeßlicher Höhe, wie auf einer Handfläche, den Wolf, die Wölfin und die drei Wolfsjungen, die sich auf einem kleinen Hügel unter verstreuten Tamariskenbüschen und dem goldfarbenen Gesträuch des Tschij niedergelassen hatten. Wegen der Hitze hechelten sie gleichzeitig mit hängender Zunge, sie rasteten auf der kleinen Anhöhe und dachten dabei nicht im geringsten daran, daß sie aus dem Himmel der Greifvögel beobachtet wurden. Taschtschajnar verharrte mit schräg gelagertem Oberkörper in seiner Lieblingspose: Er hatte die Pfoten vor sich gekreuzt, den Kopf gehoben, er zeichnete sich durch einen mächtigen Nacken, starke Knochen und einen massigen Körperbau aus. Daneben saß die junge Wölfin Akbara, den kurzen Schwanz sorgsam unter sich zurechtgelegt, wie ein zur Statue erstarrter Körper. Die

Wölfin stützte sich auf die gerade vor sich gestellten, sehnigen Beine. Ihre weiß schimmernde Brust und der feine Bauch mit den nach wie vor abstehenden, wenn auch schon nicht mehr so hervorschwellenden Zitzen in zwei Reihen unterstrichen die festen, kräftigen Lenden der Wölfin. Und die Wolfsjungen, die Drillinge, tummelten sich daneben. Ihre rastlose Aufsässigkeit und Verspieltheit ärgerten die Eltern nicht im geringsten. Der Wolf und die Wölfin schauten auf sie mit offenkundiger Nachsicht – sollen sie sich halt austoben ...

Und die Milane kreisten unentwegt in jener entrückten Höhe und beobachteten noch immer ungerührt, was sich unten bei Sonnenuntergang in der Mujun-Kum tat. Nicht weit von den Wölfen und Wolfsjungen, etwas abseits von ihnen in den Tamariskenhainen, weideten Saigas. Gar nicht wenige waren es. Eine ziemlich große Herde hielt sich hier in den Tamarisken auf und in einer gewissen Entfernung noch eine andere, noch zahlreichere Herde. Würden sich die Milane für diese Steppenantilopen interessieren, so hätten sie sich beim Rundblick über die Savanne, über Dutzende von Kilometern, davon überzeugen können, daß die Zahl der Saigas riesig war – Hunderte, Tausende waren es, sie waren der Urtyp der Tiere in dieser gesegneten, ihnen seit Urzeiten vertrauten Halbwüste. Die Saigas warteten das Ende der Abendhitze ab und brachen des Nachts zu den Wassertränken auf, zu den in der Savanne so seltenen und fernab gelegenen Naßquellen. Einzelne Gruppen zog es bereits in jene Richtung, und sie beschleunigten dabei rasch ihren Lauf. Sie hatten große Entfernungen zurückzulegen.

Eine der Herden zog so nah an dem Hügel vorüber, wo sich die Wölfe befanden, daß ihre rasch dahingleitenden Flanken und Rücken, die leicht gesenkten Köpfe und die kleinen Hörner der Böcke in der geisterhaft beleuchteten Grasdecke des Tschij deutlich zu sehen waren. Sie bewegen sich immer mit gesenktem Kopf, dadurch können sie jeden Augenblick zum Rennen losbrechen, ohne den geringsten Luftwiderstand zu verspüren. So hat sie die Natur im Lauf der Evolution ausgestattet, und darin liegt der Hauptvorteil der Saigas: vor beliebiger Gefahr können sie sich durch Flucht retten. Sogar wenn sie nicht alarmiert sind, bewegen sich die Saigas gewöhnlich in mäßigem Galopp, unermüdlich und unerschütterlich, und sie geben dabei niemandem den Weg frei, außer den Wölfen, denn sie, die Antilope, ist die Vielzahl, und schon darauf beruht ihre Stärke ...

Jetzt zogen sie an Akbaras Familie vorüber, die von Sträuchern verdeckt wurde – eine galoppierende Masse, und diese Bewegung zog einen lebenden Wind mit sich, aus Herdengeruch und dem Staub der Hufe. Die Wolfsjungen auf dem Hügel überkam eine Erregung, instinktiv erwitterten sie etwas. Alle drei schnupperten angestrengt in die Luft und wollten, ohne noch zu begreifen, worum es ging, in jene Richtung laufen, von wo es diesen so aufwühlenden Herdengeruch hertrug, so sehr drängte es sie in das stenglige Unterholz des Tschij, in dem eine große Bewegung zu erahnen war: das Flimmern vieler flitzender Körper. Dennoch rührten sich die Wolfseltern nicht einmal, weder Akbara noch Taschtschajnar veränderten ihre Positur, sie blieben äußerlich gelassen, obgleich es ihnen keine Mühe gemacht hätte, in buchstäblich zwei Sprüngen, urplötzlich, an der Seite der vorüberziehenden Herde aufzutauchen und sie zu jagen, sie heftig und unbändig zu verfolgen, zu zermürben in jenem gemeinsamen Wettlauf bis zur Schwelle des Todes, wo man aufgibt, wo Erde und Himmel die Plätze vertauschen, in einer jähen Wende so flink und geschickt zu sein und im Flug ein paar Antilopen niederzureißen. Möglich wäre das durchaus gewesen, aber es hätte auch so kommen können, daß sie die Beute nicht erjagt hätten, das war bisweilen auch geschehen. So oder so – Akbara und Taschtschajnar dachten nicht daran, eine Verfolgungsjagd zu beginnen, auch wenn sich das fast aufdrängte, auch wenn sich die Beute geradezu anbot, sie rührten sich nicht vom Fleck. Dafür gab es Gründe – sie waren an dem Tag satt, und bei solch unglaublicher Hitze und schwerem Magen eine Hetzjagd zu veranstalten und die kaum einzuholenden Saigas zu verfolgen, das hätte fast soviel wie den Tod bedeutet. Die Hauptsache war aber, daß eine derartige Jagd für den Nachwuchs noch verfrüht gewesen wäre. Die Wolfsjungen hätten in Stücke zerfetzt werden können, ein für allemal, sie wären im Lauf außer Atem geraten, hinter dem unerreichbaren Ziel zurückgeblieben, sie hätten daraufhin den Mut verloren. Im Winter, wenn die Jahreszeit der großen Treibjagden kam, dann konnten die Jungwölfe, bereits mit gewachsenen Kräften und beinahe ein Jahr alt, ihre Kraft versuchen, dann konnten sie sich der Sache anschließen, doch vorerst lohnte es sich nicht, ihnen das Spiel zu verderben. Aber bald würde die Stunde ihres Ruhmes schlagen!

Akbara sprang von den Wolfsjungen, die sie in der Ungeduld des Jagdfiebers belästigten, etwas zurück, setzte sich an einem anderen Fleck nieder und verfolgte dabei unverwandten Blickes den Zug der Antilopen auf der Suche nach einer Tränke, Flanke an Flanke im silbrigen Tschij, wie Fische zur Laichzeit zu den Oberläufen der Flüsse schwimmen, alle in ein und derselben Richtung strömend und keine von der anderen zu unterscheiden. Im Blick Akbaras schimmerte ein Wissen durch – laß die Saigas jetzt nur davonziehen, es kommt der festgesetzte Tag, alles, was in der Savanne war, wird in der Savanne bleiben. Die Wolfsjungen hatten sich inzwischen darangemacht, den Vater zu belästigen, sie versuchten, den mürrischen Taschtschajnar aufzuscheuchen.

Akbara aber stellte sich plötzlich den Anfang des Winters vor, sah die große Halbwüste ganz in Weiß vor sich, jenen schönen Tag, da zur Morgendämmerung Neuschnee auf der Erde liegt, einen Tag oder einen halben Tag lang liegenbleibt, jene Stunde aber wird den Wölfen das Signal geben für die große Jagd. Und von dem Tag an wird die Jagd auf die Saigas die Hauptsache in ihrem Leben sein. Und dieser Tag wird anbrechen! Nebelschwaden in den Niederungen, frostiger Rauhreif auf dem traurigen weißen Tschij, auf den umgeknickten, buschigen Tamarisken und diesige Sonne über der Savanne – die Wölfin stellte sich den Tag so deutlich vor, daß sie unwillkürlich erbebte, als wäre das alles bereits so, als hätte sie unverhofft die frostige Luft eingeatmet und würde bereits auf den federnden Pfotenpolstern, geschlossen zu Blütensternbildern, dahintappen, auf verharschtem Schnee, und vollkommen deutlich konnte sie ihre stattlich ausgewachsenen Mutterspuren lesen und alle Spuren der Wolfsjungen. Bereits erwachsen wären sie dann, stünden fest auf den Beinen und zeigten schon ihre Neigungen; ihre Spuren würde sie selbst lesen und darin wiederum all das erkennen, gleich daneben den Abdruck der stärksten Pfoten – mächtige Blütenstände mit Krallen wie Schnäbeln, die aus Nestern herausragten, das wären die Pfoten Taschtschajnars, tiefer und kräftiger in den Schnee eingedrückt als all die anderen, weil er gesund ist und schwergewichtig an der Wamme, er ist die Kraft und das blitzschnelle Messer an den Kehlen der Antilopen, und jede eingeholte Saiga wird den weißen Schnee der Savanne schlagartig mit purpurrotem Blut tränken, wie ein Vogel – im Schwingen der heißen roten Flügel, um des einen Zweckes willen, damit anderes Blut lebe, verborgen in ihren grauen Fellen, denn ihr Blut lebte auf Kosten eines anderen Blutes; so war es vom Ursprung aller Anfänge vorgegeben, ein anderes Mittel gab es nicht, und da war niemand Richter, wie es auch weder Schuldlose noch Schuldige gab, schuld hatte nur der, der das eine Blut schuf für das andere. (Lediglich dem Menschen ist ein anderes Los bestimmt, er beschafft sich sein Brot durch Arbeit, und durch Arbeit züchtet er sich Fleisch – er erschafft die Natur für sich selbst.)

Und die Spuren im Neuschnee der Mujun-Kum, die größeren und etwas kleineren Wolfsdolden, würden sich nebeneinander durch den Nebel der Niederungen ziehen und in den windgeschützten Talsenken, inmitten der Sträucher, enden – da warten dann die Wölfe, blicken um sich und lassen die zurück, die im Hinterhalt bleiben ...

Nun naht die heißersehnte Stunde, Akbara schleicht sich heran, so nah man herankriechen kann, und preßt sich dabei im Schnee eng an die vereisten Gräser, ohne zu atmen, nähert sich den weidenden Saigas, so nah, daß sie in ihre Augen sieht, die noch durch nichts beunruhigt sind, und dann stürzt sie sich auf sie wie ein Schatten – und dies ist die Sternstunde des Wolfes! So lebhaft stellte sich Akbara jene erste Treibjagd, die Lehre der Jungwölfe, vor, daß sie unwillkürlich aufwinselte und sich kaum auf der Stelle hielt.

Ach, was wird das für ein Verfolgen sein durch die Savanne des Winteranfangs! Die Saigaherden werden Hals über Kopf dahinjagen, wie vom Feuer getrieben, und der weiße Schnee wird sich augenblicklich in eine schwarze Erdnarbe verwandeln, und sie, Akbara, wird ihnen auf der Fährte sein, führend und allen voran, und hinter ihr, beinahe gleichauf, ihre Wolfsjungen, alle drei Erstlinge, ihre Nachkommenschaft, die auf die Welt gekommen und vom Ursprung an bestimmt waren zu solcher Jagd, und an ihrer Seite ihr Taschtschajnar, der gewaltige Vater, im Lauf unbändig und nur ein einziges Ziel verfolgend – die Saigas so zu treiben, daß sie in den Hinterhalt gelenkt werden, um damit für seine Sprößlinge die Jagdaufgabe vorbildlich zu erfüllen. Ja, das wird ein unbändiger Lauf werden. Und in Akbara lebte zu jener Stunde nicht nur die künftige Beute als Ziel und heißer Wunsch, sondern auch das Verlangen, möglichst bald möge das Jagen beginnen, wenn sie in der Verfolgung wie grau geflügelte Vögel dahingetragen werden ... Darin erfüllte sich der Sinn ihres Wolfslebens ...

Das waren die Träume der Wölfin, die Triebe ihrer Natur; wer weiß, vielleicht waren ihr die Träume von oben eingegeben, bitter wird sie sich später an sie erinnern müssen, im Herzen wird es sie stechen, und sie wird davon oft und ausweglos träumen ... Und sie wird wehklagen, wie zur Strafe für ihre Träume. Denn alle Träume sind so – anfänglich entstehen sie in der Einbildung, dann aber zerbrechen sie, weil sie es darauf ankommen ließen, wie so manche Blumen und Bäume, ohne Wurzeln zu wachsen ... So sind doch alle Träume – und ihre Tragödie ist: Man braucht sie bei der Erkenntnis von Gut und Böse ...

Der Winter war bereits in die Mujun-Kum eingezogen. Einmal hatte es schon recht ordentlich geschneit, doch der Schnee bedeckte die Savanne nicht lange, die an jenem Morgen wie ein weißer Ozean erschien, uferlos für den Blick, mit im Dahinrollen erstarrten Wogen, mit grenzenlosem Raum für den Wind und das rispenblütige Gipskraut, und dann kehrte schließlich in der Mujun-Kum eine Stille ein wie im unendlichen Weltraum, der Sand war endlich mit Nässe vollgesogen, und die feuchten Lehmsenken waren durchweicht, nachdem sie ihre rauhe Härte verloren hatten ... Doch zuvor waren die schnatternden Herbstgänse in Schwärmen über die Savanne in Richtung Himalaja gezogen, von wer weiß welchen Meeren und Flüssen her, wohl zum Ursprung neuer Wasser, so daß die Bewohner der Savanne, verfügten sie über Flügel, sich dem Ruf hätten ergeben und mitziehen müssen. Doch jeder Kreatur ist ihr Paradies vorbestimmt ... Sogar die Steppenmilane waren, in ihrer Höhe schwebend, ein klein wenig zur Seite gewichen ...

Akbaras Wolfsjungen waren zum Winter hin merklich gewachsen und hatten ihre kindliche Gleichheit abgelegt, alle drei Erstlinge waren in linkische, das Maß ihres Alters übersteigende Jungwölfe verwandelt, doch ein jeder hatte bereits seine ausgeprägte Eigenart. Die Wölfin konnte ihnen freilich keine Namen geben: Von Gott gefügte Grenzen lassen sich nicht überschreiten, dafür konnte sie sie leicht nach dem Geruch, was Menschen nicht gegeben ist, und nach anderen Lebensmerkmalen unterscheiden und einen jeden ihrer Nachkommenschaft einzeln zu sich rufen. So hatte das größte der Wolfsjungen eine breite Stirn wie Taschtschajnar und wurde wahrgenommen als der Großschädel, während das mittlere, auch ein Brocken, mit den langgezogenen hebelförmigen Läufen als der Schnellfuß galt, den niemand daran hindern würde, mit der Zeit ein Traberwolf zu werden; unter ihnen war aber noch, haarscharf wie Akbara selbst, die Blauäugige mit dem weißen Flecken um die Leisten, wie ihn Akbara hatte, ihr verspieltes Nesthäkchen, und Akbara hatte sie sich in ihrem wortlosen Bewußtsein als Nesthäkchen eingeprägt. Sie wuchs heran zum Gegenstand von Zwist und tödlichen Kämpfen unter den Rüden, dann, wenn ihre Zeit zum Ranzen käme ...

In der Nacht war unmerklich der erste Schnee gefallen, und der frühe Morgen brachte einen unverhofften Festtag für alle. Anfangs hatten die hochgeschossenen Wolfsjungen vor dem Geruch und dem Aussehen des unbekannten Stoffes, der das ganze Gelände um die Höhle verwandelt hatte, etwas Scheu, doch darauf gefiel ihnen die kühle Freude, sie rannten und tollten umher – wer ist der Schnellere –, zappelten im Schnee, schnaubten und wufften vor Lust. So hatte der Winter für die Erstlinge begonnen, und sein Ende würde die Trennung bringen, von der Wolfsmutter und dem Wolfsvater, den Abschied voneinander, und dann würde jedes für sich ein neues Leben beginnen.

Bis zum Abend fiel noch einmal Schnee, und am nächsten Morgen war die Steppe schon vor Sonnenaufgang klar und taghell. Ruhe und Stille breiteten sich überallhin aus, und der beißende Winterhunger kündigte sich an. Das Wolfsrudel lauschte gespannt in die

Umgebung, es war höchste Zeit für den Fang und das Erbeuten von Nahrung. Für die Treibjagd auf die Saigas erwartete Akbara die Mitwirkenden aus anderen Rudeln. Vorerst kündigte sich noch niemand an. Alle lauschten und warteten auf solche Signale. Da sitzt Großschädel in ungeduldiger Spannung, ahnt noch nicht, welche Mühen ihm bei der Jagd bevorstehen, auch Schnellfuß hält sich bereit, und dort Nesthäkchen – sie blickt der Wölfin in die blauen Augen, hingebungsvoll und kühn, während nebenan der Vater der Familie, Taschtschajnar, auf und ab geht. Und alle warten darauf, wie Akbara befiehlt. Doch über ihnen waltet ein höherer Gebieter – Zar Hunger, der Herr über die Befriedigung der Leiber.

Akbara erhob sich und setzte sich trabend in Bewegung, längeres Warten war sinnlos. Und alle folgten ihr nach.

Alles begann etwa so, wie es der Wölfin geträumt hatte, als die Wolfsjungen noch klein waren. Und nun war die Zeit angebrochen, die eigentliche Zeit für die Steppentreibjagd in Rudeln.

Noch würde es ein wenig dauern, bis sich mit den Frösten auch die Einzelgänger an die Wolfsgemeinschaften anschlössen und bis Winterende gemeinsam auf Beute gingen.

Unterdessen führten Akbara und Taschtschajnar ihre Erstgeborenen schon zur Bewährung zu ihrer ersten großen Jagd auf die Saigas.

Die Wölfe gingen, sich der Steppe anpassend, mal im Schritt, mal im Trab und preßten dabei in den jungfräulichen Schnee die Blumen von Raubtierspuren, Zeichen der Kraft und des geballten Willens, da schlichen sie unter den Sträuchern, mal geduckt, mal schlüpfend wie Schatten. Und alles hing nun von ihnen selbst ab und vom Glück ...

Geschwind lief Akbara auf einen Hügel hinauf, Umschau zu halten, und erstarrte, die blauen Augen in die Ferne gerichtet und die Gerüche der Winde mit ihrem Spürsinn auslesend. Die große Savanne erwachte, so weit die Wahrnehmung im leichten Nebel reichte, die Saigaherden ließen sich nach dem Wind an verschiedenen Orten erwittern – riesige Ansammlungen von Jährlingen, die sich schon in neue Herden aufgeteilt hatten. Das Jahr war für die Saigas fruchtbar gewesen, das kam also auch den Wölfen zugute.

Die Wölfin verweilte auf der von Tschij bewachsenen Anhöhe etwas länger, sie hatte wohl auszuwählen und nach dem Wind zu bestimmen, wohin und in welche Richtung der Steppe sich begeben, um ohne Fehl die Jagd zu beginnen.

Und just zu dem Zeitpunkt war auf einmal von irgendwoher, seitwärts und von oben her, ein seltsames dumpfes Grollen zu hören, über die Steppe zog ein Heulen, das aber keineswegs dem Donnern des Gewitters ähnelte. Dieser Ton war völlig unbekannt und wurde derart laut, daß es auch Taschtschajnar nicht mehr hielt, er sprang zur Wölfin hoch, und sie beide wichen vor Angst zurück – am Himmel ereignete sich etwas, dort tauchte ein noch nie gesehener Vogel auf, ungeheuerlich krachend flog er über der Savanne, etwas schiefliegend und mit dem Schnabel nach unten geneigt, dahinter, in einiger Entfernung, schien noch so ein Ungetüm zu fliegen. Sodann entfernten sie sich, und der Lärm verstummte allmählich.

Und so hatten zwei Hubschrauber den Himmel der Mujun-Kum durchschnitten wie Fische, die im Wasser keine Spuren ihrer Bewegung hinterlassen. Damit aber hatte sich weder oben noch unten etwas verändert, abgesehen davon, daß es um Luftaufklärung ging, daß darüber zu jener Stunde die Funksprüche der Piloten in unverschlüsseltem Text über den Äther gingen, was sie gesehen hatten, wo und in welchem Planquadrat sich Zugänge zur Mujun-Kum befanden, für Geländewagen und Laster mit Anhängern ...

Aber die Wölfe – was hätten sie, da die urplötzliche Verwirrung einmal überstanden war, noch damit anfangen können – hatten alsbald die Hubschrauber vergessen und trabten über die Steppe zu den Revieren der Saigas hin, ohne auch nur im Traum zu ahnen, daß sie alle, alle Bewohner der Savanne, schon entdeckt, auf Karten in numerierten Quadraten vermerkt und zum Massenabschuß verurteilt waren, daß ihr Untergang bereits eingeplant und koordiniert war, daß man schon auf zahllosen Motoren und Rädern heranrollte ...

Woher sollten sie, die Steppenwölfe, auch wissen, daß ihre Urbeute – die Saigas – jetzt für die Erfüllung des Fleischplans gebraucht wurde, daß die Lage für das Gebiet außerordentlich angespannt war – der »Fünfjahresplan« wird platzen – und irgend so ein Forschling aus der Leitung des Gebietskomitees plötzlich die Strategie vorschlug: Ran an die Fleischvorräte der Mujun-Kum. Die Idee lief darauf hinaus, es gehe nicht nur um die Produktion, sondern auch um den tatsächlich vorhandenen Fleischbestand, und nur dies sei der einzige Ausweg, das Gesicht dieses Gebiets in der Volksmeinung und bei den übergeordneten Aufsichtsorganen zu wahren. Woher hätten sie, die Steppenwölfe, wissen sollen, daß aus den Zentralen in das Gebiet Anrufe kamen, unverzüglich und augenblicklich die Forderung zu erfüllen. Buddelt es aus dem Boden, aber bringt das Fleisch her, Schluß mit dem Verschleppen, im Jahr, da der Fünfjahresplan abgeschlossen wird, was sollen wir dem Volk sagen, wo bleibt der Plan, wo bleibt das Fleisch, wo bleibt die Erfüllung der Verpflichtungen?

»Plan wird bestimmt erfüllt«, antwortete die Gebietsverwaltung, »in der nächsten Dekade. Zusätzlich Reserven an Außenstellen vorhanden, wir werden Druck machen, werden es einfordern ...«

Und die Steppenwölfe schlichen sich zu der Stunde nichtsahnend und eifrig auf Umwegen zum verborgenen Ziel, immer noch von der Wölfin Akbara angeführt, geräuschlos auf den weichen Schnee tretend, sie näherten sich der letzten Grenze vor dem Angriff, den hohen Stengeln des Tschij, zwängten sich dazwischen und ähnelten dabei den bräunlichen Erdhügeln. Von hier konnten Akbaras Wölfe alles sehen wie auf einer Handfläche. Die unzählbare Herde der Steppenantilopen, alle wie ausgesucht, absolut einheitlich geschaffen, mit weißem Fell an den Flanken und kastanienfarbenem Rücken, weidete in dem breiten Tamariskental, ohne die Gefahr zu ahnen, und sie fraßen gierig das Steppengras mit dem feuchten Schnee. Akbara wartete vorerst noch ab, das war nötig, um vor dem Sprung Atem zu schöpfen und in einem Satz aus der Deckung hervorzupreschen und sich in vollem Lauf in die Verfolgung zu stürzen, und dann würde die Treibjagd schon selbst anzeigen, wohin und wie das Manöver zu lenken war. Die Jungwölfe hielten vor Ungeduld die Schwänze krampfhaft angelegt und stellten die Ohren wie fliegende Vögel, auch der beherrschte Taschtschajnar war bereit, die Stoßzähne in das erjagte Opfer zu hauen, ihm kochte das Blut; Akbara jedoch hielt die Flammen in den Augen verborgen und gab noch kein Zeichen zum jähen Absprung, sie wartete auf den günstigsten Zeitpunkt, nur dann konnte man mit einem Erfolg rechnen – die Saiga erreicht im Handumdrehen ein Tempo, dem kein anderes Tier folgen kann. Den günstigsten Zeitpunkt mußte man erwischen.

Und da, wahrlich wie Donner vom Himmel, erschienen jene Hubschrauber von neuem. Dieses Mal kamen sie übermäßig schnell und niedrig über der Erde angeflogen und steuerten sofort bedrohlich gezielt über die aufgescheuchten Saigas, die daraufhin wild losgaloppierten, fort von dem ungeheuerlichen Unheil. Das geschah so jäh und betäubend schnell, daß viele hundert Antilopen verschreckt durchdrehten, ihre Leittiere und die Orientierung verloren und in heillose Panik gerieten, denn die harmlosen Tiere konnten der auf sie herabstürzenden Flugtechnik nichts, aber auch gar nichts entgegensetzen. Und ebendas kam den Hubschraubern gelegen, sie preßten die rennende Herde gegen die Erde, überholten sie zugleich, ließen sie mit einer anderen, ebenso zahlreichen Saigaherde, die sich in der Nähe befand, zusammenprallen und zogen immer neue, aufeinander zustürmende Herden in diesen Weltuntergang von Mujun-Kum, die Hubschrauber stürzten die panisch dahinrasende, desorganisierte Masse der Steppenantilopen in Verwirrung, was die Katastrophe noch mehr steigerte, die über die Paarhufer hereinbrach. Das hatte die Savanne noch niemals erlebt. Und nicht nur die Paarhufer, sondern auch die Wölfe, ihre unzertrennlichen Gefährten und ewigen Feinde, befanden sich in derselben Lage.

Als vor den Augen Akbaras und ihres Rudels dieser unheimliche Überfall der Hubschrauber geschah, verbargen sich die Wölfe zuerst und krümmten sich an den Wurzelstöcken des Tschij vor Schrecken zusammen, aber dann hielten sie es nicht mehr aus und stürzten sich von der verfluchten Stätte davon. Die Wölfe mußten verschwinden und sich retten, so gut es ging, irgendwohin an einen sicheren Ort davonlaufen, aber genau das ließ sich nicht verwirklichen. Sie hatten noch kaum Abstand gewinnen können, als hinter ihnen die Erde erbebte und dröhnte wie bei einem Sturm – die unzählbare Masse der Saigas wurde aufgerollt und von Hubschraubern durch die Steppe gejagt, alle in gleicher Richtung, und sie legten sich ins Zeug, mit schrecklicher, immer noch zunehmender Geschwindigkeit. Die Wölfe konnten das weder abwenden noch sich im Lauf verkriechen, da sie einem lebenden, alles niederreißenden Strom, einer riesigen, daherrasenden Masse an Tieren im Weg standen. Und wären sie auch nur eine Sekunde lang stehengeblieben, die Hufe der Saigas hätten sie unweigerlich zerstampft und zerquetscht, dermaßen ungestüm war diese gedrängte tierische Naturgewalt, die jegliche Kontrolle über sich verloren hatte. Und nur weil die Wölfe ihre Geschwindigkeit nicht verringerten, sondern im Gegenteil, soweit die Kraft reichte, steigerten, blieben sie am Leben. Und jetzt waren sie schon selbst gefangen im Gewühl dieses großen Rennens, das Unwahrscheinliche und Undenkbare war geschehen – die Wölfe waren gemeinsam auf der Flucht mit ihren Opfern, die sie noch vor wenigen Minuten zerreißen und in Stücke zerfetzen wollten, jetzt retteten sie sich vor der gemeinsamen Gefahr, Seite an Seite mit den Saigas, jetzt waren sie, angesichts einer solchen erbarmungslosen Wendung des Schicksals, Gleiche geworden. Daß Wölfe und Saigas in einem Haufen rannten, das hatte die Savanne Mujun-Kum noch niemals gesehen, nicht einmal bei den großen Steppenbränden.

Einige Male versuchte Akbara aus dem Strom der Dahinrasenden herauszuspringen, doch dies stellte sich als unmöglich heraus, sie hätte riskiert, sogleich unter den Hunderten von Hufen der neben ihr ungestüm dahinjagenden Antilopen zerstampft zu werden. In diesem tollwütigen mörderischen Galopp hielten sich die Wölfe Akbaras noch dicht beisammen, und sie konnte sie auch noch im Augenwinkel sehen – da sind sie, mitten unter Antilopen, im gestreckten Lauf, so schnell sie nur können, ihrem ersten Sprößling quellen vor Angst die Augen hervor, dort Großschädel, hier Schnellfuß und, kaum mithaltend, immer schwächer werdend, aber noch mit ihnen zusammen, Nesthäkchen, und auch er, in panischem Galopp, der Schrecken von Mujun-Kum, ihr Taschtschajnar. Sollte es etwa der blauäugigen Wölfin davon geträumt haben, daß sie, statt der großen Jagd, gemeinsam in der Herde der Saigas rennen, ohnmächtig, ohne Ausweg und Rettung, von Antilopen fortgetragen wie Späne im Fluß ... Als erstes verschwand Nesthäkchen. Sie fiel unter die Hufe der Herde, ihr Gewinsel wurde augenblicklich verschlungen vom Stampfen Tausender Hufe ...

Die Hubschraubertreibjäger, durch Funk miteinander verbunden, achteten darauf, die Antilopenbestände von zwei Enden so herzutreiben, daß diese nicht seitwärts auseinanderstieben konnten und sie daraufhin noch einmal durch die Savanne hinter den Herden herjagen mußten, sie steigerten die Angst und erhöhten das

Tempo und zwangen die Antilopen, schneller und schneller zu rennen und zu rasen. In den Kopfhörern röchelten die erregten Stimmen der Treibjäger: »Nummer zwanzig, hör mal, Nummer zwanzig! Los, gib ihm Saures! Noch eins drauf!« Die Hubschrauberpiloten konnten von oben her sehr wohl sehen, was sich unten abspielte, wie sich über den weißen Neuschnee ein schwarzer Strom des Schreckens durch die Steppe wälzte. Und als Antwort war in den Kopfhörern eine muntere Stimme zu hören: »Wir legen noch einen Zahn zu. Ha, ha, ha, schau mal da, mittendrin rennen auch Wölfe. Mann o Mann, hat's euch erwischt, Graubrüder! Seid bald kaputt und mausetot, Brüderchen! Hier läuft nichts mehr, von wegen uns austricksen!«

So jagten und trieben sie, bis die Saigas völlig zermürbt waren, genauso hatte man es ausgeheckt, und die Berechnung stimmte.

Und als die gejagten Antilopen in die große Ebene strömten, empfingen sie dort jene, denen seit dem Morgen die Hubschrauber so gründlich in die Hände gearbeitet hatten. Hier warteten die Jäger, genauer gesagt – die Erschießer. Auf Geländewagen – den »Uasiks« mit offenem Verdeck – trieben die Erschießer die Saigas weiter und knallten sie in voller Fahrt ab, mit Maschinenpistolen, aus unmittelbarer Nähe und ohne zu zielen, wie bei der Heumahd. Und hinter ihnen kamen Anhängerwagen – man warf die Leiber auf die Ladebühne, einen um den anderen, die Menschen fuhren eine Gratisernte heim. Robuste Typen besorgten zügig und bedenkenlos das neue Gewerbe, erstachen halbgetötete Saigas, setzten den Verwundeten nach und erledigten auch sie; doch die Hauptaufgabe bestand darin, die blutbespritzten Kadaver an den Läufen hin und her zu schwingen und in einem Ruck über die Ladewand auf die Brücke zu schmeißen. Die Savanne zollte den Göttern ihren großen blutigen Tribut dafür, daß sie es gewagt hatte, Savanne zu bleiben – auf den Ladeflächen häuften sich die Kadaver der Saigas zu Bergen.

Und das blutige Schlachtfest ging weiter. In hemmungsloser Verfolgung stießen die Abschießer auf den Fahrzeugen in das Gewühl der nun eingeholten, schon entkräfteten Saigas vor, mähten die Tiere rechts und links nieder und trugen damit noch mehr Panik und Verzweiflung in die Herde hinein. Die Angst erreichte eine derart apokalyptische Spannung, daß es der Wölfin Akbara, von Schüssen taub geworden, schien, die ganze Welt würde taub und stumm und alles ringsum stürze in Chaos und Verderben, und sogar die Sonne hoch oben schien lautlos in Flammen zu stehen, als werde auch sie, zusammen mit ihnen, in dieser tollwütigen Treibjagd verfolgt und suche taumelnd ebenfalls Rettung, als zerfalle sie in viele flimmernde Splitter, ja auch die Hubschrauber schienen plötzlich zu verstummen, stellten ihr Krachen und Pfeifen ein und kreisten jetzt geräuschlos über der in den Abgrund versinkenden Steppe, wie gigantische, stumme Milane ... Und die MP-Schützen des Erschießer-Trupps feuerten geräuschlos, in den »Uasiks« kniend, geräuschlos dahinjagend und über die Erde fliegend, lautlos sausten die Wagen, lautlos rasten irre gewordene und völlig abgehetzte Saigas, und lautlos wälzten sie sich, von Kugeln durchsiebt, schlagartig von Blut überströmt ... Und in dieser apokalyptischen Lautlosigkeit erschien Akbara das Antlitz des Menschen. Es erschien so nah und so furchtbar und mit einer solchen Deutlichkeit, daß sie entsetzt die Fassung verlor und beinahe unter die Räder geriet. Ein

Geländewagen jagte Seite an Seite mit ihr, dicht neben ihr. Und der Mensch saß vorne, bis zur Hüfte hinausgelehnt. Er trug eine Schutzbrille gegen den Wind vor die Augen gebunden, sein Gesicht war bläulich purpurfarben, von Wind und Bewegung entstellt, am schwarzen Mund hielt er ein Mikrofon und brüllte unsäglich und doch unhörbar über die ganze Steppe hin, während er von seinem Platz aufhüpfte. Das war wohl der Führer der Treibjagd; und hätte in jenem Augenblick die Wölfin die Geräusche und Stimmen hören und die menschliche Sprache verstehen können, dann hätte sie erfahren, was er über Funk hinausschrie: »Schießt an den Rändern! Tötet am Rand! Nicht in die Mitte knallen, die zerstampfen es! Zermanschen! Hol's der Teufel!« Er befürchtete, die Kadaver der getöteten Saigas würden von den Hufen der hinterherrennenden Tiere zerstampft werden ...

Und da merkte plötzlich der Mensch mit dem Mikrofon, wie neben ihm, beinahe Seite an Seite mit dem Auto, inmitten der flüchtenden Antilopen ein Wolf galoppierte und dahinter noch einige Wölfe. Er zuckte zusammen, brüllte unartikuliert heiser und hämisch auf, er warf das Mikrofon weg und holte von unten eine Flinte, legte sie über den Arm und lud durch. Akbara konnte nichts tun, als der Mensch mit dem gläsernen Augenschutz auf sie zielte, sie begriff das nicht, und hätte sie es auch verstanden, sie war in der Treibjagd gefangen und konnte nichts unternehmen, sie hätte durch keine Wendung ausweichen oder anhalten können, und er zielte, wollte sorgfältig zielen, und dies rettete Akbara. Unter ihren Läufen schlug es jäh ein, die Wölfin überschlug sich und sprang sogleich wieder auf und weiter, um nicht zerstampft zu werden; und im folgenden Augenblick sah sie, wie ihr Großschädel, der stärkste ihrer Erstlinge, im Lauf angeschossen durch die Luft hochflog und heruntersank, blutüberströmt, langsam zur Seite rollend, langgestreckt und die Pfoten seitwärts schlenkernd, vielleicht hat er noch einen Schrei des Schmerzes ausgestoßen, mag sein, es war das Klagegeheul vor dem Tod, sie hörte nichts, der Mensch mit dem gläsernen Augenschutz schwang triumphierend die Flinte über seinem Kopf, im nächsten Augenblick übersprang Akbara den leblosen Kadaver von Großschädel, und da drangen in ihr Bewußtsein von neuem die Laute der realen Welt wie ein Schwall – die Stimmen und das Lärmen der Treibjagd, das pausenlose Krachen der Schüsse, wildes Hupen der Automobile, Schreie und Rufen von Menschen, das Röcheln von Antilopen im Todeskampf und über ihr das dumpfe Gedröhn der Hubschrauber ... Viele Saigas brachen vor Erschöpfung zusammen und blieben liegen, mit den Hufen schlagend, vor Atemnot und rasendem Herzklopfen schwer keuchend, sie hatten nicht mehr die Kraft, sich zu rühren. Die Kadaversammler schlachteten sie an Ort und Stelle ab, mit voller Wucht das Messer durch die Kehle, zerrten sie an den Läufen und schmissen sogleich die krampfhaft zuckenden, halblebenden Körper auf die Ladeflächen der Lastwagen. Schrecklich waren diese Menschen anzusehen, von Kopf bis Fuß blutgetränkt ...

Hätte in den Höhen des Himmels ein Auge über diese Welt gewacht, würde es wohl gesehen haben, wie dies alles geschah und welche Wendung es für die Savanne Mujun-Kum nahm, doch auch es hätte wohl kaum voraussehen können, was dem noch folgte und ausgeheckt wurde ...

Die Treibjagd in der Mujun-Kum wurde erst gegen Abend abgebrochen, da alle – Verfolgte und Verfolgende – entkräftet waren und die Dämmerung über der Steppe heraufzog. Am anderen Morgen sollten die Hubschrauber vom Wartungsstützpunkt zurückkehren und die Treibjagd von neuem beginnen, diese Arbeit würde wohl noch an die drei Tage dauern, vielleicht auch vier, wenn man bedachte, daß im sandigen Westteil der Mujun-Kum-Steppen nach ersten Meldungen der Hubschrauberaufklärung angeblich noch viele nicht aufgescheuchte Saigaherden vorhanden waren, unerschlossene Reserven des Gebiets, wie man es offiziell bezeichnete. Und falls unerschlossene Reserven existierten, ergab sich mit zwingender Notwendigkeit die Aufgabe, die genannten Reserven möglichst rasch zu erschließen und im Interesse des Gebiets in die Planung mit einzubeziehen. Ebendas war die offizielle Begründung des »Unternehmens« Mujun-Kum. Bekanntlich stehen aber hinter jederlei offiziellen Verlautbarungen immer diese oder jene Lebensumstände, die den Gang der Geschichte bestimmen. Und die Umstände der Geschichte sind letztlich die Menschen mit ihren Antrieben und Leidenschaften, Lastern und Tugenden, mit den unvorhersehbaren Windungen und Widersprüchen ihres Geistes. So gesehen war die Tragödie der Mujun-- Kum auch keine Ausnahme. In der Savanne waren in jener Nacht Menschen. Bewußte oder unbewußte Vollstrecker dieser Greueltat.

Und die Wölfin Akbara und ihr Wolf Taschtschajnar, vom ganzen Rudel als einzige am Leben geblieben, trabten in der Finsternis durch die Steppe weiter und versuchten, sich möglichst von den Stätten der Treibjagd zu entfernen. Aber sie konnten sich nur mühselig bewegen, das ganze Fell war am unteren Teil des Bauches, am Damm und fast bis zum Kreuzbein während des Tages in Dreck und Matsch völlig durchnäßt worden. Die zerschundenen, mit Wunden bedeckten Läufe schmerzten dumpf und brannten heftig, jede Berührung mit dem Boden fügte den Tieren Schmerz und Leiden zu. Und vor allem hatten sie den Wunsch, zu ihrer gewohnten Höhle zurückzukehren und zu vergessen, was über ihr verwegenes Wolfshaupt hereingebrochen war.

Doch auch da ging es schief. Als sie der Höhle näher kamen, stießen sie unerwartet auf Menschen. Am Rand der vertrauten Niederung, eingezwängt in einen kleinen Tamariskenhain, der niedriger war als die Räder, stand ein Koloß von Lastwagen. In der Dunkelheit waren neben dem Laster menschliche Stimmen zu hören. Die Wölfe blieben kurz stehen und kehrten sodann schweigend in die offene Steppe zurück. Aus irgendeinem Grund glühten zu diesem Zeitpunkt, die Dunkelheit zerschneidend, die Scheinwerfer voll auf, zwar in die den Tieren entgegengesetzte Richtung, aber schon das genügte. Die Wölfe jagten los, so gut sie konnten, hinkend und hüpfend, rissen aus, ganz gleich wohin. Besonders Akbara lahmte an den Vorderpfoten ... Um die durch Überanstrengung beschädigten Läufe abzukühlen, mußte sie sich Schneestellen aussuchen, die seit dem frühen Morgen übriggeblieben waren. Traurig und bitter zogen sich die zerknitterten Blumen ihrer Spuren dahin. Die Wolfsjungen waren umgekommen. Hinter ihr blieb die nunmehr unzugängliche Höhle zurück. Dort waren jetzt Menschen ...

Deutsch von Friedrich Hitzer

Gülsary der Paßgänger

Es war eine schöne Zeit für Tanabai und für den Paßgänger. Mit dem Ruhm eines Rennpferdes ist es wie mit dem Ruhm eines Fußballers. Der Junge, der gestern noch den Ball auf den Hinterhöfen vor sich hergetrieben hat, wird plötzlich der Liebling aller, Gesprächsthema für Kenner und Gegenstand der Begeisterung für die Masse. Solange er Tore schießt, wächst sein Ruhm ständig. Dann verschwindet er allmählich vom Spielfeld und wird vergessen. Und als erste vergessen ihn diejenigen, deren Begeisterung am größten war. So ist es auch mit dem Ruhmeszug eines Rennpferdes. Es ist berühmt, solange es ungeschlagen ist. Der Unterschied liegt nur darin, daß niemand das Pferd beneidet. Pferde können nicht neidisch sein, und die Menschen haben Gott sei Dank noch nicht gelernt, einem Pferd etwas zu neiden. Allerdings geht der Neid oft unbegreifliche Wege, und es haben schon Menschen Nägel in Pferdehufe getrieben, um ihren Widersachern zu schaden. O dieser schwarze Neid!

Die Prophezeiung des alten Torgoi erfüllte sich. In jenem Frühling stieg der Stern des Paßgängers. Alt und jung kannte ihn: Gülsary! Den Paßgänger Tanabais. Die Zierde des Ails. Die dreckigen Steppkes, die noch kein »R« sprechen konnten, galoppierten durch die staubigen Straßen und schrien um die Wette: »Ich bin Gülsaly. – Nein, ich. Mama, sag, daß ich Gülsaly bin. Tschu, volwälts, a-iij, ich bin Gülsaly!«

Was Ruhm bedeutet und welche große Kraft ihm innewohnt, erkannte der Paßgänger bei seinem ersten großen Rennen.

Es war am Ersten Mai.

Nach der Kundgebung auf der großen Wiese am Fluß begannen die Spiele. Von allen Ecken und Enden waren die Menschen zusammengeströmt, aus dem benachbarten Sowchos, aus den Bergen und selbst aus Kasachstan. Die Kasachen stellten ihre Pferde zur Schau.

Man sprach davon, daß es seit dem Krieg noch kein solches Fest gegeben hatte.

Schon am Morgen, als Tanabai ihn sattelte und mit besonderer Sorgfalt die Bauchgurte und die Befestigung der Steigbügel prüfte, spürte der Paßgänger am Glanz der Augen und am Zittern der Hände seines Herrn, daß etwas Außergewöhnliches bevorstand. Der Herr schien sehr aufgeregt.

»Mach mir keine Schande, Gülsary«, flüsterte er, während er ihm die Mähne kämmte. »Wir können uns das nicht leisten, verstehst du! Du kannst dich nicht blamieren!«

Ein Ereignis lag in der von Stimmengewirr und geschäftigem Lärm erfüllten Luft. Neben ihnen sattelten die anderen Hirten ihre Pferde. Die Jungs waren ebenfalls hoch zu Roß, schreiend jagten sie umher. Dann saßen die Hirten auf, und alle ritten zum Fluß.

Gülsary stutzte, als er die Menschenmenge und die vielen Pferde auf der Wiese sah. Der Lärm und das Getöse drangen über den Fluß und die Wiesen bis zu den Hügeln. Die grell leuchtenden Tücher und Gewänder, die weißen Turbane auf den Köpfen der Frauen und die roten Fahnen flimmerten ihm vor den Augen. Die Pferde prunkten im besten Geschirr. Die Steigbügel klirrten, die Trensen klimperten, hell klangen die Silberanhängsel der Brustriemen.

Die Pferde mit ihren Reitern drängten einander, so

eng standen sie. Sie stampften ungeduldig, zerrten am Zügel und scharrten mit den Hufen. Die Alten eröffneten die Spiele, sie bildeten einen Kreis und vollführten Reiterkunststücke.

Gülsarys Spannung wuchs, er bebte vor Kraft. Wie Feuer brannte es in ihm. Er wollte so rasch wie möglich in den Kreis stürzen und losjagen.

Als die Ordner das Zeichen gaben und Tanabai die Zügel lockerließ, trug ihn der Paßgänger tänzelnd in die Mitte des Kreises. Durch die Reihen ging ein Raunen: »Gülsary! Gülsary!«

Alle, die am großen Rennen teilnehmen wollten, ritten vor. Es waren an die fünfzig Reiter.

»Bittet das Volk um den Segen!« verkündete der Leiter der Spiele feierlich.

Die Reiter mit den glattrasierten Köpfen und den straffen Stirnbinden ritten die Menge ab, hoben die geöffneten Hände, und wie ein Seufzer wallte das »Aameen« von einem Ende zum anderen. Hunderte von geöffneten Händen hoben sich an die Stirnen und senkten sich wie Wasserstrahlen über die Gesichter.

Dann zogen die Reiter zum Start, der sich in neun Kilometer Entfernung auf offenem Feld befand.

Die Spiele im Kreis begannen: Kämpfe zu Fuß und zu Pferde, Versuche, den anderen aus dem Sattel zu heben, Aufnehmen von Münzen in vollem Galopp und ähnliches wurde geboten. Aber das war nur die Einleitung, der Hauptkampf begann dort draußen am Start, zu dem die Reiter aufgebrochen waren.

Gülsary erhitzte sich auf dem Wege. Er begriff nicht, warum sein Herr ihn zurückhielt. Neben ihm tummelten sich die anderen. Und da es so viele waren und alle vorandrängten, zitterte Gülsary vor Ungeduld.

Endlich standen alle in einer Reihe am Start, Kopf an Kopf. Der Starter ritt die Front ab und hob das weiße Tuch. Alles erstarrte vor Erregung und Anspannung. Das weiße Tuch senkte sich. Die Pferde rasten los, und mit ihnen stürmte Gülsary vorwärts. Die Erde dröhnte unter den Hufen, Staub wirbelte auf. Unter den antreibenden Zurufen der Reiter streckten sich die Pferde in wildem Galopp. Nur Gülsary ging im Paßgang, darin lag seine Schwäche und seine Stärke.

Zunächst blieben alle beisammen, aber schon nach einigen Minuten zog sich das Feld auseinander, Gülsary sah, wie schnelle Pferde ihn überholten. Ihre Hufe schleuderten ihm heißen Schotter und trockene Lehmklumpen ins Gesicht. Überall galoppierten Pferde, schrien Reiter, pfiffen die Kantschus, wurde Staub hochgewirbelt. Zurück blieb eine Wolke über der Steppe.

Es roch nach Schweiß, stiebenden Funken und zerstampftem jungem Wermut.

So blieb es fast bis zum halben Geläuf. Vor dem Paßgänger lag immer noch ein Dutzend Pferde. Kein Pferd lief auf gleicher Höhe mit ihm. Der Lärm der Zurückgebliebenen verhallte. Tanabai gab Gülsary die Zügel nicht frei, und das machte ihn wütend. Der Wind und die Erbitterung trübten ihm die Augen. Rasch glitt das Geläuf unter seinen Hufen dahin. Die Sonne rollte ihm als feuriger Ball entgegen. Sein Körper war in heißen Schweiß gebadet, und je mehr er schwitzte, desto leichter wurde ihm.

Die galoppierenden Pferde wurden müde und langsamer. Der Paßgänger hatte die höchste Entfaltung seiner Kräfte noch nicht erreicht. »Tschu, Gülsary, tschu!« hörte er die Stimme des Herrn, und die Sonne rollte ihm noch schneller entgegen. Wutverzerrte Reitergesichter, in der Luft stehende Peitschen, geöffnete, röchelnde Pferdemäuler flogen vorüber und blieben zurück. Die Macht der Trense war gebrochen. Gülsary spürte weder Sattel noch Reiter mehr, in ihm brauste nur der flammende Odem des Rennens.

Bald liefen nur noch zwei Pferde vor ihm, ein Grauschimmel und ein Fuchs, starke Rennpferde, und Gülsary holte sie lange nicht ein. Erst an einer Steigung ließ er sie hinter sich. Er nahm die Anhöhe, schwebend und schwerelos, als trüge ihn eine Meereswelle. In seiner Brust brannte es wie Feuer, und die Sonne strahlte noch heller, als er das Geläuf hinunterschoß. Doch bald hörte er hinter sich den Hufschlag aufkommender Pferde. Der Grauschimmel und der Fuchs forderten ihn. Sie schlossen von beiden Seiten dicht auf und gaben keinen Schritt mehr preis.

So jagten sie zu dritt Kopf an Kopf dahin. Gülsary schien es, als liefen sie nicht mehr, sondern als seien sie schweigend erstarrt. Er sah den Ausdruck der Augen, die angespannt vorgestreckten Mäuler, die Trensen, Zäume, Zügel. Der Grauschimmel blickte wild und trotzig, der Fuchs war unruhig, sein Blick unsicher. Er ließ als erster nach. Sein umherirrendes Auge, das Maul, die geblähten Nüstern blieben zurück, und dann war er nicht mehr zu sehen. Der Grauschimmel quälte sich lange. Sein Auge funkelte in hilfloser Wut.

Dann blieb auch er zurück. Als die Gegner ausgeschaltet waren, wurde es leichter. Vorn schimmerte silbern der Fluß, grün leuchtete die Wiese, und schon drang das Tosen menschlicher Stimmen herüber. Die leidenschaftlichsten Zuschauer ritten johlend und schreiend am Geläuf entlang. Der Paßgänger wurde plötzlich müde. Die große Entfernung machte sich bemerkbar, die Kräfte ließen nach.

Aber dort vorn rumorte und wogte die Menge. Das Schreien wurde immer stärker, und plötzlich hörte Gülsary klar und deutlich seinen Namen: »Gülsary! Gülsary!« Der Ruf verstärkte seine Kraft, riß ihn vorwärts.

Unter nicht enden wollendem Jubelgeschrei trabte Gülsary zwischen den Reihen hindurch, mäßigte den Gang und beschrieb auf der Wiese einen Kreis.

Aber das war noch nicht alles. Jetzt gehörten er und sein Herr nicht mehr nur sich allein. Während der Paßgänger verschnaufte, lief die Menge zusammen, umschloß die beiden. Und wieder erklang der Ruf: »Gülsary, Gülsary, Gülsary!« Viele riefen auch: »Tanabai, Tanabai, Tanabai!«

Stolz und feurig trabte Gülsary in dem Kreis, mit hoch erhobenem Kopf und blitzenden Augen. Vom Hauch des Ruhmes trunken, beschrieb er tänzelnd ein Travers und fiel dann in eine Passage. Er spürte, daß er schön, stark und berühmt war.

Tanabai ritt mit den ausgebreiteten Armen des Siegers, und wieder wallte das »Aameen« wie ein Seufzer von einem Ende zum anderen, hoben sich Hunderte von geöffneten Händen an die Stirnen und senkten sich wie Wasserstrahlen über die Gesichter.

Unter den vielen Gesichtern war auch das jener Frau. Gülsary erkannte es sofort, obwohl es heute nicht von dem dunklen Schal, sondern von einem weißen Kopftuch umrahmt war. Sie stand in der vordersten Reihe, glücklich und voll Freude. Ihre Augen hingen an Roß und Reiter und schillerten wie die sonnenbeschienenen Steine im schnellen Wasser der Tränke. Gülsary zog es zu ihr hin, er wollte neben ihr stehen, und der Herr sollte mit ihr sprechen. Sie würde ihm zärtlich durch die Mähne streicheln und seinen Hals tätscheln, mit ihren wunderbaren Händen, geschmeidig und feinfühlig wie die Lippen jener kleinen braunen Stute mit der Blesse. Aber Tanabai lenkte ihn zur anderen Seite. Der Paßgänger drängte und strebte zu ihr hin, und er verstand seinen Herrn nicht.

Auch der nächste Tag, der zweite Mai, gehörte Gülsary. Am Nachmittag fand am Fluß das Bockabjagen statt, eine Art Fußball zu Pferde. Als Ball dient ein ausgeweideter Ziegenbock ohne Kopf. Der Bock ist dazu geeignet, da er ein festes, langes Wollkleid besitzt und man ihn vom Pferd aus an den Beinen und am Balg packen kann.

Wieder hallte die Steppe von uralten Schreien wider, wieder dröhnte die Erde unter den Hufen. Die begeisterten Zuschauer jagten auf ihren Pferden johlend und schreiend um das Spielfeld. Wieder war Gülsary der Held des Tages. Von der Aureole des Ruhms umgeben, war er von Anfang an die stärkste Figur im Spiel. Tanabai schonte ihn jedoch für den Endkampf, für die Alaman-baiga, den Räuberritt: Wer schnell und geschickt war, der konnte den Bock in seinen Ail tragen. Auf den Räuberritt warteten alle, er war der Höhepunkt des Wettstreits, an ihm konnte jeder Reiter teilnehmen. Und jeder wollte sein Glück versuchen.

Inzwischen hatte sich die Maisonne tief über das ferne Kasachstan gesenkt, rund und dunkelgelb wie ein Eidotter. Man konnte in sie hineinsehen, ohne zu blinzeln.

Bis zum Abend jagten Kirgisen und Kasachen, in den Sätteln hängend, durch die Steppe, ergriffen im gestreckten Galopp den Bock, rissen ihn einander aus den Händen, drängten sich zu lärmenden Knäueln zusammen und stoben schreiend auseinander.

Erst als lange, bunte Schatten über der Steppe spielten, gaben die Alten den Räuberritt frei. Der Bock wurde in den Kreis geworfen, und es erscholl der Ruf: »Alaman!«

Von allen Seiten jagten die Reiter auf den Bock zu und versuchten, ihn an sich zu reißen. Das war im Gedränge nicht so leicht. Die Pferde drehten sich wie besessen, bleckten die Zähne und bissen um sich. Gülsary wurde es heiß bei der Rauferei, er strebte in den freien Raum, aber Tanabai gelang es nicht, den Bock zu fassen. Da erscholl der gellende Ruf: »Die Kasachen haben ihn!« Ein junger Kasache in zerfetzter Bluse brach auf einem wilden braunen Hengst aus dem Pferdegetümmel. Er hatte den Bock am Steigbügel.

»Haltet ihn! Den Braunen!« brüllten die Reiter und jagten hinter ihm her. »Schnell, Tanabai, nur du kannst ihn einholen!«

Den baumelnden Bock am Bügel, galoppierte der Kasache geradewegs in die untergehende rote Sonne hinein.

Gülsary wußte nicht, warum Tanabai ihn zurückhielt. Der kasachische Dshigit sollte sich von Verfolgern lösen, und der Abstand zwischen ihm und seinen Landsleuten, die ihm zur Hilfe eilten, sollte größer werden. Denn gelang es ihnen, den Braunen schützend zu umgeben, würde niemand ihnen die Trophäe entreißen können. Nur im Kampf Reiter gegen Reiter konnte man auf einen Erfolg hoffen.

Nachdem er lange genug gewartet hatte, gab Tanabai die Zügel frei. Gülsary schmiegte sich an die der Sonne entgegeneilende Erde. Hufschlag und Stimmen blieben zurück, die Entfernung zum Braunen wurde immer kleiner. Der Hengst hatte den Bock zu schleppen. Tanabai lenkte den Paßgänger an die rechte Seite des Braunen. Hier hing der Bock, der Stiefel des Reiters preßte ihn an die Flanke. Als sie auf gleicher Höhe waren, beugte sich Tanabai aus dem Sattel und griff nach einem Bein des Bocks. Aber der Kasache warf den Bock geschickt auf die linke Seite. Die Pferde jagten immer noch auf die Sonne zu. Tanabai mußte verhalten und in einem neuen Anlauf die linke Seite ansteuern. Es war schwer, den Paßgänger bei voller Geschwindigkeit von dem Braunen zu lösen; aber es gelang. Da warf der Kasache den Bock wieder auf die rechte Seite.

»Prachtkerl!« schrie Tanabai leidenschaftlich.

Und die Pferde jagten immer noch in die Sonne hinein.

Kein weiteres Risiko! Tanabai steuerte den Paßgänger dicht an den Braunen heran und warf sich über den Sattelbug des Kasachen; der versuchte zu entkommen, aber Tanabai hielt ihn fest. Die Schnelligkeit und Wendigkeit des Paßgängers erlaubten ihm, fast auf dem Hals des Hengstes zu liegen. So beugte er sich zum Bock hinunter und bekam ihn zu fassen. Als er den Bock fest im Griff hatte, brüllte er: »Halt dich fest, Bruder!«

»Gib nicht so an, Freund!« antwortete der Kasache.

Die Pferde rannten wie besessen. Der Kampf tobte. Wie Adler krallten sich die Männer an der Beute fest, schrien aus Leibeskräften, ächzten und knurrten bedrohlich wie Raubtiere. Die Hände verkrampften sich ineinander, unter den Nägeln trat das Blut hervor. Wild jagten die durch den Zweikampf der Reiter aneinandergefesselten Pferde der purpurnen Sonne entgegen.

Gesegnet seien unsere Ahnen, die uns diese männlichen Spiele der Furchtlosen überliefert haben!

Der Bock war zwischen ihnen, sie hielten ihn mitten zwischen den Pferden. Die Entscheidung nahte. Schweigend, mit zusammengebissenen Zähnen, alle Kräfte anspannend, war jeder bemüht, den Bock unter den Steigbügel zu bekommen, um sich dann loszureißen und den Verfolger abzuschütteln. Der Kasache war stark. Er hatte mächtige sehnige Hände, und er war viel jünger als Tanabai. Aber viel wert ist Erfahrung. Überraschend nahm Tanabai den Fuß aus dem Steigbügel und drückte ihn dem Braunen in die Flanke. Während er den Bock zu sich heranzog, gab er dem Pferd einen Stoß, und die Finger des Gegners lösten sich.

»Halt dich fest!« rief ihm der Besiegte noch zu.

Von dem starken Stoß wäre Tanabai fast aus dem Sattel geflogen. Aber er blieb oben. Ein Jubelschrei entrang sich seiner Brust. Mit einer harten Kehrtwendung machte er sich davon, die im ehrlichen Zweikampf erbeutete Trophäe unterm Steigbügel. Eine Schar brüllender Reiter kam ihm entgegen. »Gülsary! Gülsary hat gewonnen!«

Eine große Gruppe Kasachen ritt zur Gegenattacke.

Jetzt galt es, diesem Angriff zu entgehen und sich so rasch wie möglich unter den Schutz der eigenen Reiter zu begeben.

Tanabai wendete den Paßgänger scharf und ließ die Angreifer stehen. Ich danke dir, Gülsary, du mein Guter, Kluger! sagte er in Gedanken, während das Pferd der geringsten Bewegung seines Körpers folgte, sich von einer Seite zur anderen warf und so den Verfolgern auswich.

Fast an die Erde geschmiegt, brachte Gülsary die

schwierigen Zickzacks hinter sich und gewann den freien Raum. Dort umringten ihn die Reiter aus Tanabais Ail, sie deckten ihn von allen Seiten, und als geschlossener Haufe nahmen sie Reißaus, aber die Verfolger verlegten ihnen den Weg. Wieder mußte man kehrtmachen und zu entkommen suchen. Wie Schwärme schneller Vögel flogen die flüchtenden und hetzenden Reiterscharen über die weite Steppe. Staub lag in der Luft, Stimmen schwirrten, dort stürzte ein Pferd, hier flog ein Reiter über den Kopf seines Tieres, ein anderer versuchte hinkend, sein Pferd einzufangen. Alle hatte die Wettkampfbegeisterung und -leidenschaft gepackt. Im Spiel ist niemand verantwortlich. Gefahr und Kühnheit haben eine Mutter.

Die Sonne lugte nur noch mit einem schmalen Rand über den Horizont, es dämmerte, aber noch immer wälzte sich der Räuberritt durch die blaue Abendkühle und ließ die Erde unter den Hufen erbeben. Niemand schrie mehr, niemand wurde mehr verfolgt, alle jagten wie im Rausch weiter. Weit auseinandergezogen wälzte sich die Lawine als dunkle Welle unter der Macht von Rhythmus und Musik des Laufs von Hügel zu Hügel. Waren nicht davon die Gesichter der Reiter so gesammelt und still, hatte nicht das die Laute der kasachischen Dombra und des kirgisischen Komus hervorgebracht?

Sie näherten sich dem Fluß, der matt zwischen den dunklen Sträuchern schimmerte. Jenseits des Flusses war das Spiel zu Ende, dort war der Ail. Tanabai war immer noch von einem geschlossenen Haufen umgeben, der ihn in die Mitte genommen hatte, wie Geleitboote ein Schiff.

Gülsary war müde, sehr müde. Der Tag war anstrengend gewesen. Er hatte keine Kraft mehr. Zwei Dshigiten hielten ihn am Zaum und stützten ihn von beiden Seiten. Tanabai lag mit der Brust auf dem Bock, den er vor sich über den Sattel geworfen hatte. Ihn schwindelte, er konnte sich kaum noch im Sattel halten. Ohne die Reiter wäre weder er noch der Paßgänger über den Fluß gekommen. So war man wohl schon vorzeiten mit der Beute geflohen, so hatte man wohl schon vorzeiten einen Verwundeten vor der Gefangenschaft bewahrt.

Da war der Fluß, die Wiese und die breite kieselbedeckte Furt. Noch war sie zu sehen in der Dunkelheit.

Die Reiter warfen sich in die Flut. Der Fluß brauste und schäumte. Durch spritzenden Gischt und unter ohrenbetäubendem Hufgeklirr zogen die Dshigiten den Paßgänger ans Ufer. Das war der Sieg!

Einer hob den ausgeweideten Bock von Tanabais Sattel und galoppierte in den Ail.

Die Kasachen blieben jenseits des Flusses.

»Wir danken euch für das Spiel!« riefen die Kirgisen ihnen zu.

»Lebt wohl! Im Herbst treffen wir uns wieder!« klang es herüber, und die Kasachen wendeten die Pferde.

Es war dunkel. Tanabai war im Ail zu Gast. Der Paßgänger stand mit anderen Pferden angebunden im Hof. Noch nie war er so müde gewesen, ausgenommen am ersten Tag des Zureitens. Aber damals war er ein Hänfling im Vergleich zu heute. Drinnen sprach man über ihn.

»Trinken wir auf Gülsary, Tanabai! Ohne ihn hätten wir heute nicht gesiegt.«

»Ja, der Braune war stark wie ein Löwe. Auch der Dshigit war stark. Er wird es weit bringen bei ihnen.«

»Du hast recht. Ich habe immer noch Gülsary vor Augen, wie er den Kasachen entging und sich wie Gras an die Erde schmiegte. Es verschlägt einem den Atem!«

»Ja! In alten Zeiten hätten Recken ihn geritten. Das ist kein gewöhnliches Pferd, das ist ein Märchenroß.«

»Wann läßt du ihn zu den Stuten, Tanabai?«

»Er ist schon jetzt hinter ihnen her; aber ich denke, es ist noch zu zeitig. Im nächsten Frühjahr wird es gerade richtig sein. Im Herbst lass' ich ihn frei, damit er sich kräftigt.«

Lange noch saßen die angeheiterten Männer beisammen, riefen sich Einzelheiten des Räuberritts ins Gedächtnis und sprachen über die Vorzüge des Paßgängers, der draußen völlig erschöpft an der Trense nagte. Eine hungrige Nacht stand ihm bevor. Aber es war nicht der Hunger, der ihn plagte. Die Schultern schmerzten, er spürte die Beine nicht mehr, die Hufe brannten, und im Kopf rumorte immer noch das Geschrei der Alaman-baiga. Immer noch glaubte er die Verfolger hinter sich. Ab und zu schreckte er auf, schnaubte und spitzte die Ohren. Wie gern hätte er sich jetzt im Gras gewälzt, sich geschüttelt und inmitten der Herde geweidet. Aber der Herr kam nicht heraus.

Endlich tauchte er leicht schwankend in der Dunkelheit auf. Ein scharfer, beißender Geruch ging von ihm aus. Das kam selten vor bei ihm. Ein Jahr später sollte der Paßgänger es mit einem zu tun haben, von dem dauernd ein solcher Geruch ausging. Und er wird diesen Menschen hassen und den ekelhaften Geruch.

Tanabai ging zum Pferd, klopfte ihm auf den Widerrist und schob die Hand unter die Satteldecke. »Hast dich etwas abgekühlt? Bist müde? Ich bin auch hundemüde. Sieh mich nicht so scheel an, ich habe getrunken, aber auf dein Wohl. Es ist doch Feiertag. Ich kenne mein Maß, merk dir das! Auch an der Front kannte ich es. Also komm, sieh mich nicht so an. Gleich reiten wir zur Herde und ruhen uns aus.« Er zog die Sattelgurte fest, sprach noch mit den anderen, die aus dem Haus gekommen waren, dann saßen alle auf und sprengten davon.

Tanabai ritt durch die schlafenden Straßen des Ails. Alles war still, die Fenster waren dunkel. Kaum hörbar tuckerte ein Trecker auf dem Feld. Über den Bergen stand der Mond, die Apfelblüten in den Gärten schimmerten weiß, eine Nachtigall schluchzte. Sie schien die einzige zu sein im Ail. Sie sang und lauschte ihrer Stimme. Dann verstummte sie, bis sie wieder schlug.

Tanabai verhielt den Paßgänger. »Wie schön!« sagte er laut. »Und wie ruhig! Nur die Nachtigall schlägt. Verstehst du, Gülsary? Du möchtest zur Herde, aber ich ...« Sie ritten an der Schmiede vorüber und hätten hier in die letzte Straße, die zum Fluß führte, einbiegen müssen. Aber den Herrn zog es zur anderen Seite. Er ritt die Hauptstraße entlang und hielt an deren Ende vor dem Haus, in dem jene Frau wohnte. Das Hündchen kam angelaufen, bellte und wedelte mit dem Schwanz. Der Herr schwieg, er schien zu überlegen, dann seufzte er und zog unentschlossen am Zügel.

Der Paßgänger ging weiter. Tanabai ritt zum Fluß. Auf dem Weg ließ er das Pferd traben. Gülsary war es recht, er wollte möglichst rasch zur Herde. Sie passierten die Wiese, da war der Fluß, die Hufe klapperten übers Ufergeröll. Das Wasser war kalt und brausend. Plötzlich, mitten in der Furt, riß der Herr hart am

Zügel und wendete. Gülsary schüttelte den Kopf und glaubte, der Herr habe sich geirrt. Sie mußten doch nicht zurück! Als Antwort versetzte Tanabai ihm eins mit der Peitsche. Gülsary mochte es nicht, wenn er geschlagen wurde. Gereizt kaute er an der Trense und gehorchte widerwillig. Wieder über die Wiese, den Weg entlang bis zum selben Hof.

Vor dem Haus rutschte der Herr erneut unruhig im Sattel hin und her und zerrte an der Trense, daß man nicht wußte, wo er hinwollte. Sie hielten am Tor, von dem nur ein krummer Pfosten übriggeblieben war. Wieder kam das Hündchen. Im Haus war es still und dunkel.

Tanabai stieg aus dem Sattel und ging über den Hof. Den Paßgänger am Zügel führend, näherte er sich dem Fenster und klopfte an die Scheibe.

»Wer ist da?« rief die Frau.

»Ich bin's, Bübüdshan! Mach auf. Hörst du, ich bin's!«

Im Haus flammte ein Streichholz auf, und ein matter Lichtschein erleuchtete das Fenster.

»Was willst du? Woher kommst du mitten in der Nacht?«

Bübüdshan erschien in der Tür. Sie trug ein offenes weißes Hemd. Die dunklen Haare fielen auf die Schulter herab. Der Duft des warmen Körpers und der wilde Geruch des unbekannten Krautes umgaben sie.

»Entschuldige bitte«, sagte Tanabai leise. »Wir sind spät von der Alaman-baiga fortgeritten. Ich bin müde. Und das Pferd ist am Ende. Es braucht Ruhe, und bis zur Herde ist es weit, das weißt du selbst.«

Bübüdshan schwieg.

Ihre Augen flammten auf und erloschen wie die

Steine auf dem Grund einer mondbeschienenen Tränke. Der Paßgänger wartete, daß sie herantreten und ihm den Hals kraulen möge, aber sie tat es nicht.

»Kalt ist's«, sagte sie und zog die Schultern ein »Nun, was stehst du herum? Komm rein, wenn's so ist. Ach du, was du dir da wieder ausgedacht hast.« Sie lächelte leise. »Ich hab' mir schon alles zusammengereimt, während du dich auf dem Paßgänger hier herumgetrieben hast, wie ein kleiner Junge.«

»Gleich. Ich will nur das Pferd unterstellen.«

»Dort in der Ecke am Dubal kannst du's anbinden.«

Noch nie hatten dem Herrn so die Hände gezittert. Hastig zäumte er den Paßgänger ab, lange nestelte er an den Sattelgurten. Den einen lockerte er, während er den anderen vergaß.

Dann trat er mit der Frau ins Haus. Bald verlöschte in den Fenstern das Licht.

Für den Paßgänger war es ungewohnt, auf einem fremden Hof zu stehen.

Der Vollmond übergoß die aufragenden nächtlichen Berggipfel mit milchblauem Licht. Feinhörig lauschte Gülsary auf die Geräusche der Nacht. Das Wasser im Aryk murmelte. In der Ferne tuckerte der Trecker, und in den Gärten sang die einsame Nachtigall.

Von den Zweigen des benachbarten Apfelbaums fielen lautlos weiße Blütenblätter auf Kopf und Mähne des Pferdes. Die Nacht schimmerte hell. Der Paßgänger trat von einem Fuß auf den anderen und wartete geduldig auf seinen Herrn. Er wußte nicht, daß er hier noch oft würde stehen müssen, die Nacht hindurch bis zum Morgen.

Es dämmerte schon, als Tanabai vor die Tür trat und Gülsary mit warmen Händen aufzäumte.

Jetzt rochen seine Hände auch nach jenem wilden Kraut.

Bübüdshan begleitete Tanabai. Sie schmiegte sich an ihn, und er küßte sie lange.

»Dein Bart sticht«, flüsterte sie. »Beeil dich, es wird hell.« Dann wandte sie sich wieder dem Haus zu.

»Bübüdshan«, rief Tanabai, »komm, streichle ihn, und sei zärtlich zu ihm.« Er nickte dem Paßgänger zu. »Beleidige uns nicht!«

»Beinahe hätt' ich's vergessen«, sagte sie lachend. »Sieh mal, er ist ganz mit Apfelblüten bedeckt.« Sie flüsterte ihm zärtliche Worte ins Ohr und streichelte ihn mit ihren wunderbaren Händen, geschmeidig und feinfühlig, wie die Lippen der kleinen braunen Stute mit der Blesse.

Jenseits des Flusses fing der Herr zu singen an. Es war schön, unter seinem Lied zu traben, und doch wünschte Gülsary, möglichst bald bei der Herde zu sein.

In jenen Mainächten lächelte Tanabai das Glück. Er hatte die Nachtweide übernommen, und für den Paßgänger begann nun ein reges Nachtleben. Am Tag weidete er und ruhte sich aus, und nachts trug er seinen Herrn, wenn der die Herde in eine Senke getrieben hatte, zu jener Frau. Beim ersten Morgengrauen jagten sie wie Pferdediebe auf verborgenen Steppenpfaden zur Herde zurück. Tanabai trieb die Herde aus der Senke und zählte die Pferde. Der Paßgänger war übel dran. Tanabai ließ ihn in der weglosen Steppe scharf gehen.

Gülsary wäre am liebsten für immer bei der Herde geblieben. In ihm erwachte der Beschäler. Noch vertrug er sich leidlich mit dem Leithengst. Aber mit jedem Tag gerieten sie häufiger aneinander, wenn sie derselben Stute nachstiegen. Immer öfter reckte Gülsary den Hals, hob den Schweif und stellte sich vor der Herde zur Schau. Er wieherte schwärmerisch und biss den Stuten erregt in die Hüften. Die ließen es sich gefallen, schmiegten sich an ihn und machten den Leithengst eifersüchtig. Der Paßgänger kam dabei meistens schlecht weg, denn der Hengst war alt und ein grimmiger Raufbold. Aber lieber sich aufregen und vor dem Hengst die Flucht ergreifen, als die ganze Nacht auf dem Hof stehen und sich nach den Stuten sehnen. Oft konnte er sich lange nicht beruhigen, stampfte und schlug mit den Hufen. Wer weiß, wie viele Wochen diese nächtlichen Ritte noch gedauert hätten, wäre nicht jenes Ereignis eingetreten.

Der Paßgänger stand wie gewöhnlich im Hof, sehnte sich nach der Herde, wartete auf den Herrn und begann, vor sich hin zu dösen. Die Zügel waren hoch an einem Dachbalken festgebunden. Er konnte sich nicht hinlegen. Immer wenn ihm der Kopf herabsank, schnitt ihm die Trense in die Lefzen. Trotzdem döste er weiter. Eine drückende Schwüle lag in der Luft, schwarze Wolken bedeckten den Himmel.

Im Halbschlaf hörte Gülsary, wie die Bäume zu rauschen begannen, als wäre jemand heimlich herbeigeflogen und schüttele und rüttele sie. Der Wind fuhr über den Hof, rollte klappernd einen leeren Milcheimer vor sich her und riß die Wäsche von der Leine. Das Hündchen winselte und suchte Unterschlupf. Der Paßgänger schnaubte wild, erstarrte und spitzte die Ohren. Er hob den Kopf und blickte angespannt in die brodelnde Finsternis. Aus der Steppe nahte grollend etwas Schreckliches. Blitze durchschnitten die Wolken, Donner grollte, und die Nacht krachte wie berstendes Holz. Ein starker Regen prasselte nieder. Der Paßgänger zerrte am Zügel wie unter Peitschenhieben und wieherte verzweifelt, in Sorge um seine Herde. In ihm erwachte der Instinkt, die Artgenossen vor Gefahr schützen zu müssen. Wie von Sinnen wütete er gegen Zaum und Trense, gegen die geflochtene Roßhaarleine, gegen alles, was ihn hier festhielt. Er warf sich hin und her, wühlte mit den Hufen die Erde auf und wieherte pausenlos, in der Hoffnung, die Herde würde ihm antworten. Aber nur der Sturm pfiff und heulte. Ach, wenn es ihm damals nur gelungen wäre, sich loszureißen!

Der Herr stürzte im weißen Unterhemd aus dem Haus, hinter ihm die Frau, auch sie im weißen Hemd. Im Regen wurden sie mit einem Schlag dunkel. Über ihre nassen Gesichter und angsterfüllten Augen zuckte der blaue Schein eines Blitzes und riß das Haus mit der im Wind schlagenden Tür aus der Finsternis.

»Halt! Halt!« brüllte Tanabai und versuchte, Gülsary loszubinden, der aber wollte von ihm nichts wissen, er warf sich wie ein reißendes Tier auf seinen Herrn, riß und zerrte an Zügel und Leine. Sich an die Mauer pressend, schlich Tanabai zu ihm heran; mit den Händen den Kopf schützend, sprang er auf ihn zu und hängte sich an den Zaum.

»Bind ihn los, schnell!« schrie er der Frau zu.

Die hatte die Leine kaum gelöst, da schleppte der sich aufbäumende Paßgänger Tanabai schon über den Hof.

»Den Kantschu, rasch!«

Bübüdshan lief nach der Peitsche.

»Halt, halt, ich schlag' dich tot!« brüllte Tanabai und schlug dem Pferd mit dem Kantschu rasend aufs Maul. Er mußte in den Sattel, er mußte zur Herde.

Wie sah es dort aus?

Wohin hatte der Orkan die Pferde getrieben?

Aber auch der Paßgänger mußte zur Herde. Gleich, auf der Stelle!

Es regnete in Strömen. Der Donner rollte und erschütterte die sich unter den grellen Blitzen zusammenkauernde Nacht.

»Halt ihn fest!« befahl Tanabai Bübüdshan, und als sie am Zaum hing, sprang er in den Sattel. Noch saß er nicht, noch krallte er sich an der Mähne fest, da sprengte Gülsary schon vom Hof, rannte die Frau um und schleifte sie durch eine Pfütze.

Er gehorchte nicht dem Zügel, nicht dem Kantschu, nicht der Stimme. Er jagte durch die regengepeitschte Sturmnacht, allein seinem Spürsinn folgend. Er trug seinen machtlosen Herrn durch den aufgewühlten Fluß, durch wirres Gebüsch, über Gräben und durch Hohlwege, er rannte und rannte. Niemals zuvor, auch nicht bei der Alaman-baiga, war Gülsary so getrabt.

Tanabai wußte nicht, wohin ihn der wildgewordene Paßgänger trug. Wie mit Flammen peitschte der Regen Gesicht und Körper. Nur ein Gedanke hämmerte in seinem Hirn: Was ist mit der Herde? Wo sind die Pferde? Gott behüte, daß sie in der Niederung zur Bahnlinie gerannt sind. Eine Katastrophe! Hilf mir, Allah, hilf. Helft mir, Arbak, wo seid ihr? Fall nicht, Gülsary, fall nicht! Trag mich in die Steppe zur Herde!

Über der Steppe flammte weißes Wetterleuchten und machte die Nacht zum blendenden Tag, dann war sie wieder in Finsternis gehüllt, der Donner wütete, der Wind peitschte den Regen.

Hell und dunkel, dunkel und hell.

Der Paßgänger bäumte sich, riß das Maul auf und wieherte. Er rief, er suchte, er wartete auf Antwort. Wo seid ihr? Meldet euch! Donnernd antwortete der Himmel, und wieder traben, wieder suchen, immer dem Sturm entgegen.

Hell und dunkel, dunkel und hell.

Der Sturm legte sich erst gegen Morgen. Langsam verzogen sich die Wolken, nur der Donner grollte noch im Osten. Die gequälte Erde dampfte.

Pferdehirten suchten die Gegend nach versprengten Pferden ab.

Tanabais Frau suchte ihren Mann. Sie wartete auf ihn. In der Nacht war sie mit den Nachbarn ausgeritten, um ihm zu helfen. Die Herde fanden sie und hielten sie in der Senke fest. Aber Tanabai war nicht da. Man dachte, er habe sich verirrt. Aber sie wußte, daß er sich nicht verirrt hatte. Als der Nachbarsbursche freudig ausrief: »Da ist er, Dshaidar-apa, da kommt er!« und ihm entgegenritt, rührte sich Dshaidar nicht von der Stelle. Schweigend boobachtete sie vom Pferd, wie ihr buhlerischer Mann zurückkehrte.

Schweigend und finster ritt Tanabai im nassen Unterhemd, ohne Mütze, auf dem eingefallenen Paßgänger. Gülsary lahmte auf der rechten Hinterhand.

»Und wir suchen Sie!« verkündete ihm der herbeigeeilte Bursche freudig. »Dshaidar-apa hat sich schon geängstigt.«

»Ich habe mich verirrt«, brummte Tanabai.

Beide schwiegen. Aber als der Bursche sich entfernte, um die Herde aus der Senke zu treiben, sagte die Frau leise: »Du hast nicht mal Zeit gehabt, dich anzuziehen. Ein Glück, daß du noch Hose und Stiefel anhast. Schämst du dich nicht? Du bist doch nicht mehr der Jüngste. Deine Kinder sind bald erwachsen!«

Tanabai schwieg. Was hätte er sagen sollen?

Der Bursche trieb inzwischen die Herde zusammen. Pferde und Fohlen waren vollzählig.

»Wir reiten nach Hause, Altyk«, rief Dshaidar dem Burschen zu. »Wir haben heute alle genug zu tun. Der Wind hat die Jurten durcheinandergeworfen. Wir müssen sie zusammensuchen, komm!«

Zu Tanabai sagte sie halblaut: »Du bleibst hier. Ich bringe dir was zu essen und anzuziehen. So kannst du nicht vor die Leute treten!«

»Ich werde nach unten kommen«, sagte Tanabai.

Sie ritten davon. Tanabai trieb die Herde auf die Weide. Er trieb lange. Die Sonne schien, und es wurde warm. Die Steppe dampfte und erholte sich. Es roch nach Regen und jungem Gras.

Die Herde trottete grasend über die Bodenwellen und erreichte eine Anhöhe. Hier schien sich eine andere Welt vor Tanabai zu eröffnen. Der Horizont war weit und mit weißen Wolken überzogen. Der Himmel war groß, hoch und rein. Fern in der Steppe rauchte ein Zug.

Tanabai stieg vom Pferd und ging durchs Gras. Eine Lerche flatterte empor und sang. Tanabai ging weiter, den Kopf gesenkt, und plötzlich warf er sich hin.

Noch nie hatte Gülsary den Herrn so gesehen: das Gesicht der Erde zugewandt und die Schultern vor Schluchzen bebend. Er weinte vor Scham und Schmerz, er wußte, daß er das Glück verloren hatte, das sich ihm zum letztenmal im Leben hingegeben hatte.

Und die Lerche sang noch immer.

Am nächsten Tag zogen die Herden in die Berge, und sie würden erst im zeitigen Frühjahr wieder herunterkommen. Der Auftrieb erfolgte längs des Flusses, am Ail vorbei. Schafe, Rinder und Pferde zogen aufwärts. Kamele und Pferde schleppten Lasten, Frauen und Kinder ritten mit. Zottige Hunde begleiteten die Karawane. Vielstimmiger Lärm lag in der Luft: Blöken, Brüllen, Wiehern.

Tanabai trieb seine Herde über die große Wiese, dann durch die Vorberge, wo vor kurzem die Menge zum Fest versammelt gewesen war, und er bemühte sich, nicht zum Ail hinüberzusehen. Als Gülsary plötzlich den Weg zum Hof am Dorfrand einschlagen wollte, bekam er die Peitsche.

Sie ritten nie mehr zu jener Frau mit den wunderbaren Händen, geschmeidig und feinfühlig, wie die Lippen der kleinen braunen Stute mit der Blesse.

Die Herde zog gleichmäßig weiter.

Gülsary wünschte, sein Herr möge singen. Aber er sang nicht.

Der Ail blieb zurück. Leb wohl, Ail! Dort vorn lagen die Berge. Leb wohl, Steppe, bis zum nächsten Frühling. Dort vorn lagen die Berge.

Deutsch von Leo Hornung

Die Hirschmutter

All das liegt weit zurück. Vor langer, langer Zeit, als es auf Erden mehr Wald gab als Gras und in unserer Gegend mehr Wasser als Land, lebte ein kirgisischer Stamm am Ufer eines großen und kalten Flusses. Der hieß Enessai. Er fließt fern von hier, in Sibirien. Zu Pferd braucht man bis dahin drei Jahre und drei Monate. Heute heißt der Fluß Jenissej, doch damals wurde er Enessai genannt. Daher lautet auch ein Lied:

> *Gibt es einen Fluß, breiter als du, Enessai,*
> *gibt es ein Land, vertrauter als du, Enessai?*
> *Gibt es ein Leid, tiefer als du, Enessai,*
> *gibt es eine Freiheit, freier als du, Enessai?*
>
> *Keinen Fluß gibt es, breiter als du, Enessai,*
> *kein Land gibt es, vertrauter als du, Enessai,*
> *kein Leid gibt es, tiefer als du, Enessai,*
> *keine Freiheit gibt es, freier als du, Enessai ...*

So war er, der Fluß Enessai.

Verschiedene Völker siedelten damals am Enessai. Sie hatten es schwer, denn sie lebten unter ständigen Feindseligkeiten. Viele Feinde umgaben den kirgisischen Stamm. Bald überfielen ihn die einen, bald die anderen, dann wiederum unternahmen die Kirgisen selbst einen Überfall, trieben Vieh weg, zündeten Wohnstätten an, töteten Menschen. Töteten alle, die sie töten konnten – so waren nun mal die Zeiten. Keiner hatte Mitleid mit seinem Mitmenschen. Einer vernichtete den anderen. Schließlich gab es keinen mehr, der Getreide gesät,

Vieh gezüchtet und Wild gejagt hätte. Leichter war es nun, von Raubzügen zu leben: Man kam, tötete und heimste ein. Jeder Mord aber verlangte nach noch mehr Blut und jede Rache nach noch größerer Rache. Immer mehr Blut wurde vergossen. Den Menschen hatte sich der Verstand getrübt. Niemand fand sich, der die Feinde versöhnt hätte. Als der Klügste und Beste galt der, dem es gelang, den Feind zu überlisten, einen fremden Stamm bis zum letzten Mann hinzumetzeln und Herden und Reichtümer an sich zu reißen.

In der Taiga zeigte sich ein sonderbarer Vogel. Mit klagender Menschenstimme sang und weinte er jede Nacht bis zum Morgengrauen, und während er von Ast zu Ast flog, sagte er immer wieder: »Es gibt ein großes Unglück! Es gibt ein großes Unglück!« So kam es auch, ein schrecklicher Tag brach an.

An dem Tag geleitete der kirgisische Stamm am Enessai seinen alten Anführer zur letzten Ruhe. Viele Jahre hatte der Recke Kultsche sie befehligt, in viele Feldzüge war er gezogen, in vielen Schlachten hatte er gekämpft. Die Gefechte hatte er unversehrt überstanden, doch nun war seine Todesstunde gekommen. Zwei Tage trauerten seine Stammesgenossen, am dritten Tag versammelten sie sich, um die Gebeine des Recken der Erde zu übergeben. Nach altem Brauch mußte der Körper des Anführers auf seinem letzten Weg am Ufer des Enessai entlanggetragen werden, über Felswände und an Steilhängen vorbei, damit die Seele des Verstorbenen von dem darunter vorbeiströmenden mütterlichen Enessai Abschied nehmen konnte, denn »Ene« heißt Mutter und »Sai« Fluß. Damit seine Seele zum letztenmal das Lied vom Enessai sang:

*Gibt es einen Fluß, breiter als du, Enessai,
gibt es ein Land, vertrauter als du, Enessai?
Gibt es ein Leid, tiefer als du, Enessai,
gibt es eine Freiheit, freier als du, Enessai?*

*Keinen Fluß gibt es, breiter als du, Enessai,
kein Land gibt es, vertrauter als du, Enessai,
kein Leid gibt es, tiefer als du, Enessai,
keine Freiheit gibt es, freier als du, Enessai ...*

Auf dem Begräbnishügel, vor dem offenen Grab, mußte der Recke hoch über die Köpfe gehoben werden, alle vier Himmelsrichtungen mußte man ihm dort zeigen. »Da ist dein Fluß. Da ist dein Himmel. Da ist dein Land. Da sind wir, vom gleichen Stamm wie du. Wir sind gekommen, dir das Geleit zu geben. Ruhe sanft.« Damit spätere Generationen sich seiner erinnerten, wurde ein großer Stein auf das Grab gewälzt.

Für die Tage der Bestattung stellte man die Jurten des ganzen Stamms am Ufer entlang auf, damit sich jede Familie vor ihrer Schwelle von dem Recken verabschieden konnte, wenn sein Körper zur Beerdigung getragen wurde; jammernd und weinend würden sie dann die weiße Trauerfahne zur Erde senken, würden sich dem Trauerzug auf seinem Weg zur nächsten Jurte anschließen, wo unter Klagen und Weinen wieder eine weiße Trauerfahne gesenkt würde, und so ginge es bis zum Ziel des Zuges, bis zum Begräbnishügel.

Als am Morgen jenes Tages die Sonne aufging, waren alle Vorbereitungen abgeschlossen. Bereitgestellt waren die Buntschuk, die Stangen mit den Roßschweifen, bereitgestellt die Kampfrüstung des Recken – Schild und Speer. Sein Pferd trug schon die Totendecke. Die

Trompeter warteten auf das Signal, die Kriegstrompeten, die Karnai, zu blasen; Trommler darauf, ihre Trommeln, die Dobulbas, so zu schlagen, daß die Taiga erbebte, daß die Vögel als Wolke in den Himmel stoben und lärmend und stöhnend dort kreisten, daß die Raubtiere mit wildem Gebrüll durch dichtes Gestrüpp rannten, daß das Gras sich an die Erde preßte, daß das Echo zwischen den Bergen rollte und die Berge erzitterten. Die Klageweiber hatten schon die Haare gelöst, um unter Tränen den Recken Kultsche zu preisen. Dshigiten waren auf ein Knie gesunken, um seine sterbliche Hülle auf ihre starken Schultern zu heben. Alle waren sie bereit, warteten darauf, den Recken hinauszutragen. Am Waldrand aber waren neun Opferstuten angebunden, neun Opferstiere und neunmal neun Opferschafe für das Totenmahl.

Da geschah etwas Unvorhergesehenes. Wieviel gegenseitige Feindschaften es am Enessai auch geben mochte, bei der Bestattung eines Anführers war es nicht Brauch, gegen den Nachbarn ins Feld zu ziehen. Jetzt aber stürmten feindliche Horden, die im Morgengrauen unbemerkt das in Trauer versunkene Kirgisenlager umzingelt hatten, von allen Seiten so überraschend aus der Deckung, daß niemand sich in den Sattel schwingen, niemand zur Waffe greifen konnte. Es begann ein nie dagewesenes Gemetzel. Einer nach dem anderen wurde erschlagen. So hatten es die Feinde geplant, um mit einem Schlag den verwegenen Stamm der Kirgisen auszurotten. Sie töteten alle bis zum letzten Mann, damit keiner sich später an den Frevel erinnern, keiner Rache üben konnte, damit die Zeit wie Flugsand die Spuren der Vergangenheit verwehte. Ein für allemal.

Lange dauert es, ehe ein Mensch geboren und aufgezogen ist – getötet ist er im Handumdrehn. Viele lagen bereits erschlagen in Lachen von Blut, viele hatten sich in den Fluß gestürzt, um sich vor den Schwertern und Lanzen zu retten, und versanken in den Wogen des Enessai. Entlang des Ufers aber, auf Steilhängen und Felswänden, loderten werstweit in hellen Flammen die kirgisischen Jurten. Niemandem war es gelungen zu fliehen, niemand war am Leben geblieben. Alles war zerstört und verbrannt. Die Körper der Getöteten wurden von den Steilhängen in den Enessai geworfen. Die Feinde jubelten: »Jetzt sind wir die Herren dieses Landes! Die Herren dieser Wälder! Die Herren dieser Herden!«

Mit reicher Beute zogen die Feinde ab und bemerkten nicht, wie aus dem Wald zwei Kinder zurückkamen – ein Junge und ein Mädchen. Die unfolgsamen und vorwitzigen Kleinen waren am Morgen heimlich den Eltern davongelaufen, um im nahegelegenen Wald Lindenbast für Körbe abzureißen. Beim Spielen hatten sie nicht gemerkt, wie sie tief in Waldesdickicht gerieten. Als sie dann den vom Gemetzel verursachten Lärm und das Geschrei hörten und zurückrannten, trafen sie weder ihre Väter noch ihre Mütter lebend an, weder die Brüder noch die Schwestern. Die Kinder waren ohne Familie, ohne Stamm geblieben. Weinend liefen sie von einer Brandstätte zur anderen, aber nirgends war auch nur eine Menschenseele. Mit einemmal waren sie zu Waisen geworden. Auf der ganzen Welt waren sie mutterseelenallein. In der Ferne ballten sich Staubwolken, die Feinde trieben die Pferde- und Schafherden, die sie bei dem blutigen Überfall erbeutet hatten, in ihr Herrschaftsgebiet.

Die Kinder sahen den von den Hufen aufgewirbelten

Staub und rannten hinterdrein. Weinend und rufend liefen die zwei Kinder hinter den grausamen Feinden her. Nur Kinder konnten so etwas tun. Statt sich vor den Mördern zu verstecken, liefen sie ihnen nach. Nur nicht allein bleiben, nur fort von dem verfluchten Ort des Blutbades. Hand in Hand liefen der Junge und das Mädchen hinter dem Beutezug her, baten die Räuber, zu warten und sie mitzunehmen. Aber waren denn ihre schwachen Stimmen im Getöse, Wiehern und Stampfen, im wilden Lauf der weggetriebenen Tiere zu hören?

Lange liefen der Junge und das Mädchen in heller Verzweiflung. Sie holten die Davonziehenden nicht ein. Dann fielen sie zu Boden. Sie hatten Angst, sich umzusehen, hatten Angst, sich zu rühren. Ihnen graute. Eng aneinandergepreßt, merkten sie nicht, wie sie einschliefen.

Nicht ohne Grund heißt es, eine Waise hat sieben Geschicke. Die Nacht überstanden sie wohlbehalten. Kein Raubtier fiel sie an, kein Waldunhold schleppte sie weg. Als sie erwachten, war bereits Morgen. Die Sonne schien. Vögel sangen. Die Kinder standen auf und gingen wieder der Spur des Beutezugs nach. Unterwegs sammelten sie Beeren und Wurzeln. Sie gingen und gingen, am dritten Tag aber machten sie auf einem Berg halt. Sie sahen, unten auf einer grünen Wiese fand ein großes Gelage statt. Unzählige Jurten standen da, unzählige Feuerstellen rauchten, unzählige Menschen drängten sich um die Feuer. Mädchen wiegten sich auf Schaukeln und sangen Lieder. Kräftige Burschen umkreisten einander zur Belustigung des Volks wie Königsadler, warfen einander zu Boden. So feierten die Feinde ihren Sieg.

Der Junge und das Mädchen standen auf dem Berg und trauten sich nicht näher heran. Und doch wären sie gar zu gern am Lagerfeuer gewesen, wo es so gut nach gebratenem Fleisch, Brot und Wildzwiebeln roch. Schließlich hielten sie es nicht mehr länger aus und stiegen den Berg hinunter. Verwundert umringten die Feiernden die beiden.

»Wer seid ihr? Woher kommt ihr?«

»Wir haben Hunger«, antworteten der Junge und das Mädchen. »Gebt uns zu essen.«

An der Sprache erkannten sie, was das für Kinder waren. Lärm und Geschrei erhob sich. Streit entbrannte: Sollten sie die gestern davongekommene feindliche Brut sofort töten oder sie zum Chan bringen? Während sie noch stritten, hatte eine mitleidige Frau den Kindern je ein Stück gekochtes Pferdefleisch zugesteckt. Man zerrte sie zum Chan, sie aber aßen und aßen. Man führte sie in eine hohe rote Jurte, vor der eine Wache mit silbernen Äxten stand. Im Lager verbreitete sich inzwischen die beunruhigende Nachricht, Kinder des Kirgisenstammes seien irgendwoher aufgetaucht. Was hatte das zu bedeuten? Alle ließen von ihren Spielen und dem Gelage ab und eilten in hellen Scharen zur Jurte des Chans. Der aber thronte zu dieser Stunde mit seinen angesehenen Kriegern auf einer schneeweißen Filzmatte. Er trank mit Honig gesüßten Kumys und lauschte Lobgesängen. Als der Chan erfuhr, weshalb sie zu ihm gekommen waren, packte ihn wilde Wut. »Wie könnt ihr es wagen, mich zu belästigen? Haben wir nicht den kirgisischen Stamm restlos ausgerottet? Habe ich euch nicht für allezeit zu Herrschern über den Enessai gemacht? Warum kommt ihr angelaufen, ihr Schlappschwänze? Seht ihr nicht, wer vor euch steht? He, Blatternarbige Lahme Alte!« rief er. Als diese aus der Menge hervortrat, sagte er zu ihr: »Bring sie in die Taiga und sorge dafür, daß der kirgisische Stamm ausgelöscht wird, daß niemand sich seiner fortan erinnert, daß sein Name für alle Zeiten vergessen ist. Verschwinde, Blatternarbige Lahme Alte, und tu, was ich dich geheißen!«

Schweigend gehorchte die alte Frau; sie nahm den Jungen und das Mädchen an der Hand und führte sie weg. Lange gingen sie durch Wald, dann aber kamen sie am Ufer des Enessai auf einem hohen Steilhang heraus. Hier hielt die Blatternarbige Lahme Alte, stellte die Kleinen nebeneinander an den Rand des Abgrunds und sagte, bevor sie sie hinunterstieß: »O großer Fluß Enessai! Stürzt man einen Berg in deine Tiefe, dann verschwindet er wie ein Stein. Wirft man eine hundertjährige Kiefer hinunter, dann trägst du sie fort wie einen Span. Nimm zwei winzige Sandkörnchen in deine Fluten auf – zwei Menschenkinder. Auf Erden ist für sie kein Platz. Muß ich es dir erklären, Enessai? Würden die Sterne zu Menschen, dann würde ihnen der Himmel nicht reichen. Würden die Fische zu Menschen, dann würden ihnen die Flüsse und Meere nicht reichen. Muß ich dir das erklären, Enessai? Nimm sie, trag sie davon. Mögen sie unsere widerwärtige Welt in jungen Jahren reinen Herzens verlassen, mit kindlichem, von keinen bösen Vorsätzen und Taten beflecktem Gewissen, auf daß sie nie menschliches Leid erfahren und selber andern keins zufügen. Nimm sie, nimm sie, großer Enessai ...«

Der Junge und das Mädchen weinten und schluchzten. Was kümmerten sie die Worte der Alten, wenn allein der Blick von der Steilwand zum Fürchten war! Tief unten rollten wilde Wogen.

»Umarmt euch ein letztes Mal, Kinderchen, nehmt Abschied«, sagte die Blatternarbige Lahme Alte. Sie krempelte sich die Ärmel auf, um die Kinder leichter hinunterzustoßen, und sagte: »Verzeiht mir, Kinder. Das Schicksal will es so. Auch wenn ich nicht aus freiem Willen handle – es ist für euch so am besten.«

Kaum hatte sie das gesagt, da ertönte neben ihr eine Stimme: »Warte, große weise Frau, bring keine unschuldigen Kinder um.«

Als sich die Blatternarbige Lahme Alte umsah, erstarrte sie vor Verwunderung: Vor ihr stand eine Hirschkuh, ein Maralmuttertier. Mit großen Augen blickte sie die Frau vorwurfsvoll und traurig an. Die Hirschkuh war weiß wie die erste Milch eines jungen Muttertiers, der Bauch wollig braun wie bei einem kleinen Kamel. Das Geweih – eine Pracht – war weit verzweigt wie das Geäst von herbstlichen Bäumen. Das Euter aber rein und glatt wie die Brüste einer stillenden Frau.

»Wer bist du? Wieso sprichst du wie ein Mensch?« fragte die Blatternarbige Lahme Alte.

»Ich bin eine Hirschmutter«, entgegnete sie. »Und gesprochen habe ich so, weil du mich sonst nicht verstanden, nicht auf mich gehört hättest.«

»Was willst du, Hirschmutter?«

»Laß die Kinder frei, große weise Frau. Ich bitte dich, gib sie mir.«

»Weshalb willst du sie?«

»Die Menschen haben meine beiden Hirschkälber getötet. Ich suche mir andere Kinder.«

»Willst du sie aufziehen?«

»Ja, große weise Frau.«

»Hast du dir das auch gut überlegt, Hirschmutter?«

Die Blatternarbige Lahme Alte lachte auf. »Es sind doch Menschenkinder. Wenn sie groß sind, werden sie deine Hirschkälber töten.«

»Wenn sie groß sind, werden sie meine Hirschkälber nicht töten«, entgegnete die Maralmutter. »Ich werde ihnen eine Mutter sein, und sie werden meine Kinder sein. Werden sie denn ihre Brüder und Schwestern töten?«

»Ach, sag das nicht, Hirschmutter, du kennst die Menschen nicht!« Die Blatternarbige Lahme Alte wiegte das Haupt. »Die haben nicht einmal mit ihresgleichen Mitleid, ganz zu schweigen von den Tieren des Waldes. Ich würde dir ja die Waisen geben, damit du selber erlebst, daß ich recht habe, aber die Menschen werden auch diese Kinder bei dir töten. Warum willst du dir solches Leid antun?«

»Ich bringe die Kinder in ein fernes Land, wo niemand sie findet. Verschone die Kinder, große weise Frau, gib sie frei. Ich will ihnen eine treue Mutter sein. Mein Euter ist prall. Meine Milch sehnt sich nach Kindern. Meine Milch fleht um Kinder.«

»Nun gut, wenn es so ist«, sprach die Blatternarbige Lahme Alte nach kurzem Nachdenken, »dann bring sie möglichst schnell weg. Bring sie in dein fernes Land. Wenn sie aber auf dem weiten Weg zugrunde gehn, wenn Wegelagerer sie töten, wenn es dir deine Menschenkinder mit schnödem Undank vergelten, dann bist du selber schuld.«

Die Hirschmutter bedankte sich bei der Blatternarbigen Lahmen Alten. Zu dem Jungen und dem Mädchen aber sagte sie:

»Jetzt bin ich eure Mutter, und ihr seid meine Kinder. Ich bringe euch in ein fernes Land, wo inmitten schneebedeckter waldiger Berge ein heißer See liegt – der Issyk-Kul.«

Da freuten sich der Junge und das Mädchen. Munter liefen sie hinter der Gehörnten Hirschmutter her. Dann wurden sie müde, ermatteten, doch der Weg war weit, er führte von einem Ende der Welt zum anderen. Sie wären nicht weit gekommen, wenn die Gehörnte Hirschmutter sie nicht mit ihrer Milch genährt, nicht des Nachts mit ihrem Körper gewärmt hätte. Lange gingen sie. Immer weiter blieb die alte Heimat, der Enessai, zurück; aber auch zur neuen Heimat, zum Issyk-Kul, war es noch sehr weit. Einen Sommer und einen Winter, einen Frühling, einen Sommer und einen Herbst, noch einen Sommer und einen Winter ging es durch Waldesdickicht und Steppenglut, durch Wüstensand, über Bergeshöhen und Wildwasser. Wolfsrudel verfolgten sie, doch die Gehörnte Hirschmutter nahm die Kinder auf ihren Rücken und trug sie hinweg von den wilden Tieren. Berittene Jäger mit Pfeilen verfolgten sie und schrien: »Die Hirschkuh hat Menschenkinder geraubt! Haltet sie! Fangt sie!« Sie schickten ihnen Pfeile nach, aber auch von den ungebetenen Rettern trug die Gehörnte Hirschmutter die Kinder weg. Schneller als ein Pfeil lief sie und flüsterte nur: »Haltet euch schön fest, meine Kinder, sie setzen uns nach!«

Endlich hatte die Gehörnte Hirschmutter ihre Kinder zum Issyk-Kul gebracht. Sie standen auf einem Berg und machten große Augen. Rundum verschneite Gebirgsketten und inmitten der Berge, von grünem Wald umgeben, so weit das Auge reichte, ein Meer. Weiße Wogen liefen über das blaue Wasser, Wind kam von weit her und trieb sie in die Ferne. Weder ein Anfang noch ein Ende des Meeres war zu erkennen. Auf der einen Seite ging die Sonne auf, auf der andern war noch Nacht. Wie viele Berge den Issyk-Kul umgeben – wer kann sie zählen? Wie viele andere, genauso verschneite Berge hinter diesen Bergen ragen – wer kann das erraten?

»Das ist eure neue Heimat«, sagte die Gehörnte Hirschmutter. »Hier werdet ihr leben, Land pflügen, Fische fangen und Vieh züchten. Lebt hier in Frieden viele tausend Jahre. Möge euer Geschlecht fruchtbar sein und sich mehren. Und mögen eure Nachkommen die Sprache nicht vergessen, die ihr hierhergebracht habt, mögen sie Freude daran finden, in ihrer eigenen Sprache zu sprechen und zu singen. Lebt, wie Menschen leben sollten, ich aber werde allezeit bei euch sein – mit euch und euern Kindeskindern.«

So fanden der Junge und das Mädchen, die Letzten des kirgisischen Stammes, eine neue Heimat am segensreichen, unvergänglichen Issyk-Kul.

Schnell verrann die Zeit. Der Junge wurde ein kräftiger Mann und das Mädchen eine reife Frau. Die Gehörnte Hirschmutter aber verließ den Issyk-Kul nicht, sie lebte in den dortigen Wäldern.

Eines frühen Morgens begann der Issyk-Kul unversehens zu stürmen und zu tosen. Bei der Frau hatten die Wehen eingesetzt, sie quälte sich. Den Mann packte die Angst. Er rannte auf einen Felsen und schrie laut: »Wo bist du, Gehörnte Hirschmutter? Hörst du den Issyk-Kul tosen? Deine Tochter liegt in den Wehen. Komm schnell, Gehörnte Hirschmutter, hilf uns!«

Da erklang in der Ferne ein melodisches Klingen, es hörte sich an, als klingele ein Karawanenglöckchen. Immer näher kam der Klang. Die Gehörnte Hirschmutter kam herbei. Auf ihrem Geweih, an einem Spannbügel aufgehängt, brachte sie eine Kinderwiege. Sie war aus weißer Birke, und am Bügel klingelte ein silbernes Glöckchen. Noch heute klingelt so ein Glöckchen an den Wiegen am Issyk-Kul. Wenn eine Mutter ihr Kind wiegt, klingelt das silberne Glöckchen, als käme von weit her die Gehörnte Hirschmutter herbeigeeilt, eine Birkenwiege auf ihrem Geweih ...

Sowie die Gehörnte Hirschmutter auf den Ruf hin erschienen war, brachte die Frau ein Kind zur Welt.

»Diese Wiege ist für euern Erstgeborenen bestimmt«, sagte die Gehörnte Hirschmutter. »Ihr werdet viele Kinder haben. Sieben Söhne und sieben Töchter!«

Da freuten sich Vater und Mutter. Zu Ehren der Gehörnten Hirschmutter nannten sie ihren Erstling Bugubai. Bugubai wuchs heran, nahm ein schönes Mädchen aus dem Stamm der Kiptschaken zur Frau und begründete das Geschlecht der Bugu, das Geschlecht der Gehörnten Hirschmutter. Groß und stark wurden die Bugu am Issyk-Kul. Sie verehrten die Gehörnte Hirschmutter wie eine Heilige. Über dem Eingang zu den Jurten der Bugu wurde ein Zeichen gestickt – ein Maralgeweih, damit schon von fern zu sehen war, daß die Jurte dem Bugu-Stamm gehörte. Sooft die Bugu feindliche Angriffe abwehrten oder sich an Pferderennen beteiligten, erklang der Ruf »Bugu!« Und stets gingen die Bugu als Sieger hervor. In den Wäldern am Issyk-Kul aber lebten damals gehörnte weiße Marale, die von den Sternen am Himmel um ihre Schönheit beneidet wurden.

Es waren die Kinder der Gehörnten Hirschmutter. Niemand rührte sie an, niemand ließ zu, daß ihnen Böses geschah. Wenn ein Bugu einen Maral sah, stieg er vom Pferd und gab ihm den Weg frei.

Die Schönheit eines Mädchens wurde mit der Schönheit eines weißen Marals verglichen.

So war es, bis ein steinreicher, angesehener Bugu starb. Er hatte Tausende und aber Tausende Schafe, Tausende und aber Tausende Pferde besessen, und alle Leute weit und breit waren bei ihm Hirten gewesen. Seine Söhne richteten für ihn eine große Totenfeier. Dazu luden sie die berühmtesten Leute aus allen Ländern der Erde. Für die Gäste wurden tausendeinhundert Jurten am Ufer des Issyk-Kul aufgestellt. Nicht zu beschreiben, wieviel Vieh geschlachtet wurde, wieviel Kumys getrunken, wieviel kaschgarische Speisen aufgetragen wurden. Die Söhne des Reichen protzten – mochten die Leute nur sehen, wie wohlhabend und großzügig seine Erben waren, welche Achtung sie dem Verstorbenen zollten, wie sie sein Andenken ehrten. (»O weh, mein Sohn, schlimm ist es, wenn Leute sich nicht durch Verstand, sondern durch ihren Reichtum hervortun!«)

Die Sänger aber ritten auf Vollblutpferden, die ihnen die Söhne des Verstorbenen geschenkt hatten, putzten sich mit geschenkten Zobelfellmützen und Seidenmänteln und rühmten um die Wette den Verstorbenen und dessen Erben.

»Wo unter der Sonne hat man je ein so glückliches Leben, ein so üppiges Totenmahl gesehen?« sang der eine.

»Noch nie hat es seit der Schöpfung Vergleichbares gegeben!« sang ein zweiter.

»Nur bei uns achtet man so die Eltern, erweist man dem Andenken der Eltern solche Ehre, preist man sie so, ehrt man so ihre heiligen Namen«, sang ein dritter.

»He, ihr Sänger, ihr Schönredner, was schreit ihr so!

Gibt es auf Erden denn Worte, die dieser Großzügigkeit, die dem Ruhm des Verstorbenen gerecht würden?« sang ein vierter.

So wetteiferten sie Tag und Nacht. (»O weh, mein Sohn, schlimm ist es, wenn Sänger in Lobeshymnen wetteifern, dann werden sie zu Feinden des Liedes!«)

Viele Tage währte die berühmte Totenfeier, wurde sie wie ein Fest begangen. Die dünkelhaften Söhne des Reichen wollten unbedingt alle anderen in den Schatten stellen, wollten alle anderen übertreffen, damit ihr Ruhm durch die ganze Welt eile. Sie ließen es sich einfallen, am Grabmal des Vaters ein Maralgeweih anzubringen, damit alle sahen, daß hier das Grab ihres ruhmreichen Ahnen aus dem Geschlecht der Gehörnten Hirschmutter war. (»O weh, mein Sohn, schon in uralten Zeiten sagten die Leute, Reichtum bringe Dünkel hervor, Dünkel aber Unvernunft.«)

Die Söhne des Reichen wollten dem Andenken des Vaters diese unerhörte Ehre erweisen, und nichts hielt sie zurück. Gesagt, getan. Sie schickten Jäger aus, die einen Maral töteten und ihm das Geweih abschlugen. Das Geweih aber hatte eine Ausdehnung wie die Flügel eines Adlers im Flug. Den Söhnen gefiel das Maralgeweih mit den jeweils achtzehn Sprossen – also war das Tier achtzehn Jahre alt. Nicht schlecht! Sie befahlen ihren Handwerksmeistern, das Geweih an der Grabstätte anzubringen.

Alte Männer aus dem Stamm empörten sich: »Mit welchem Recht habt ihr den Maral getötet? Wer hat es gewagt, die Hand gegen die Nachkommen der Gehörnten Hirschmutter zu erheben?«

Doch die Erben des Reichen entgegneten ihnen: »Der Maral wurde auf unserem Land getötet. Alles, was auf unseren Ländereien kreucht und fleugt – von der Fliege bis zum Kamel –, ist unser. Wir wissen selber, was wir mit dem zu tun haben, was uns gehört. Schert euch weg.«

Ihre Diener peitschten die alten Männer aus, setzten sie verkehrt herum auf die Pferde und jagten sie mit Schimpf und Schande davon.

Das war der Anfang. Großes Unglück brach nun über die Nachkommen der Gehörnten Hirschmutter herein. Fast jeder begann in den Wäldern auf weiße Marale Jagd zu machen. Jeder Bugu hielt es für seine Pflicht, an den Grabstätten seiner Vorfahren Maralgeweihe anzubringen. Damit, so meinten sie, würden sie das Andenken der Verstorbenen besonders ehren. Und wer kein Geweih aufzutreiben vermochte, der wurde für ehrlos gehalten. Man handelte mit Maralgeweihen, besorgte sie sich auf Vorrat. Menschen aus dem Geschlecht der Gehörnten Hirschmutter tauchten auf, für die es zu ihrem Geschäft wurde, Maralgeweihe zu erwerben und für Geld zu verkaufen. (»O weh, mein Sohn, wo Geld ist, finden ein gutes Wort und Schönheit keinen Platz.«)

Eine schlimme Zeit brach an für die Marale in den Wäldern am Issyk-Kul. Die Leute kannten keine Schonung. Die Marale suchten auf unzugänglichen Felsen Zuflucht, doch auch dort waren sie nicht sicher. Meuten von Jagdhunden wurden auf sie gehetzt, damit sie verborgenen Schützen zugetrieben wurden, die sie dann samt und sonders töteten. Herdenweise gingen die Marale zugrunde, wurden sie ausgerottet. Wetten wurden geschlossen, wer die Geweihe mit den meisten Sprossen erbeuten würde.

Bald gab es keine Marale mehr. Die Berge verödeten.

Weder um Mitternacht noch im Morgengrauen war ein Maral zu hören. Weder im Wald noch auf einer Wiese konnte man sehen, wie ein Maral äste, wie er, das Geweih zurückgeworfen, dahinjagte, über eine Schlucht setzte gleich einem Vogel im Flug. Menschen wurden geboren, die ihr Leben lang nie einen Maral zu Gesicht bekamen. Sie hörten nur Märchen von ihnen und sahen Geweihe an Grabstätten. Was aber wurde aus der Gehörnten Hirschmutter?

Tief hatten die Menschen sie gekränkt. Es heißt, als die Marale sich vor Kugeln und Jagdhunden überhaupt nicht mehr retten konnten, als man die überlebenden Tiere schon an den Fingern abzählen konnte, sei die Gehörnte Hirschmutter auf den höchsten Gipfel geklettert, habe Abschied genommen vom Issyk-Kul und ihre letzten Kinder über einen großen Paß in ein anderes Land, in andere Berge geführt.

Solche Dinge geschehen auf Erden. Und das ist das ganze Märchen. Ob du es glaubst oder nicht.

Und als die Gehörnte Hirschmutter wegging, sagte sie, sie werde nie wieder zurückkommen ...

Deutsch von Charlotte Kossuth

Der Jäger Kodshodshasch

In der kirgisischen Epik lebt bis auf den heutigen Tag, wie zur Mahnung an die Nachkommen, die berühmte Mär vom jungen Jäger Kodshodshasch. Die Sage ist uralt. Hier der Inhalt des Epos, das der Erzähler in einem Rezitativ vor seinem Publikum vorgesungen hätte:

Der junge Glückspilz Kodshodshasch kehrte immer mit reicher Beute aus den Bergen zurück. Er war der Jäger und Ernährer des Stammes, den er, stets von Erfolg begleitet, mit Pelzen und mit Wild versorgte. Großmut und Schonungslosigkeit zeichneten ihn aus, ging es doch um die Jagd auf wilde Tiere. Aber das Schicksal ereilt auch ihn. Er zieht über den Paß zu den Ackerbauern und will um die Hand einer Braut anhalten. Stammesangehörige mit reichen Geschenken an Pelzen – Fuchs und Marder, Zobel und Schneeleoparden – geben ihm das Geleit. Die Geschenke werden vor den Vätern der Töchter ausgebreitet, der Akyn besingt die Vorzüge des Brautwerbers – seine Kraft, das scharfe Auge und den schnellen Lauf, er kann den Bergbock einholen, er ist so stark, den Schneeleoparden niederzuringen, er ist unter einem glücklichen Stern geboren. Im Ringkampf bezwingt Kodshodshasch jeden Brautanwärter. Die Väter geben ihr festes Versprechen, ein Mädchen mit Kodshodshasch zu verloben, die Hochzeit wird auf den folgenden Herbst nach der Erntezeit festgelegt. Triumphierend kehrt Kodshodshasch in seine Berge zurück. Doch unterwegs fliegt die Elster aus den Büschen, zudringlich flattert sie um seinen Kopf, schwatzt ihm unaufhörlich zu und warnt ihn vor dem

Unheil, vergeblich schwelge er in seinem Ruhm, die Hochzeit werde nie stattfinden und er bekäme die Braut nie mehr zu sehen. Kodshodshasch mißachtet die Kunde: Ist doch lachhaft, als ob diese schwatzhafte Elster so etwas wissen könne, ist doch nur das Geschwätz der Neidhammel, die ihr das eingeredet haben. Kodshodshasch ist wieder mit alter Kraft und dem gewohnten Glück in seinen Bergen. Den ganzen Winter macht er Jagd auf Böcke, ernährt seinen Stamm und sammelt neue Pelzgeschenke, nunmehr schon für die Hochzeit. Der Frühling bricht an. Bald ist Sommer, und dann naht der Herbst. Es ist Zeit, die Hochzeit vorzubereiten.

Kodshodshasch wohnte einmal einer Marderhochzeit bei. In einer stillen Mondnacht kamen die Tierchen auf die Wiese beim kleinen Fluß heraus, um der Braut das Geleit zu geben. (Diese Bergtierchen führen sich, wie Jäger bezeugen, zur Jagdzeit fast wie Menschen auf. Sie veranstalten ganze Hochzeitszüge. Und das ist die günstigste Zeit der Beute.) Die Marderbraut war die schönste, ihre Augen leuchteten, alle Marderinnen umringen sie, singen und tanzen, und ihnen entgegen bewegt sich der Zug des Marderbräutigams. Nun treffen sie sich, bilden einen Reigen und stimmen Lieder an. Der junge Jäger Kodshodshasch beobachtet die Marderhochzeit, ergötzt sich an der Schönheit der Marderbraut und ist erstaunt, daß die Tierchen so unvorsichtig sind. Da fällt ihm ein, daß er noch viele wertvolle Gaben für seine bevorstehende Hochzeit braucht. Ohne lange nachzudenken, wirft Kodshodshasch ein Fell über den Zug der Marder, die vom Geleit der Braut noch ganz hingerissen sind, erdrückt und erwürgt sie.

Die Ereignisse erreichen ihren Höhepunkt, als die Jagd auf die Bergziegen beginnt. Kodshodshasch hat über den Winter eine ganze Herde erlegt. Weit und breit gab es immer weniger Böcke und Ziegen. Eines Tages verfolgt Kodshodshasch die Mutter der Herde, die Grauziege Sur Etschki, die wie immer vom Graubock Sur Teke begleitet wird. Kodshodshasch jagt die Tiere auf den Berg und bereitet sich auf den Abschuß vor. Und da wendet sich die Grauziege Sur Etschki an den Jäger und fleht ihn an, den Graubock Sur Teke nicht zu töten, damit sie ihr Geschlecht fortpflanzen können. Aber Kodshodshasch überhört das Flehen der Grauziege. Mit zielgenauem Schuß erlegt er den großen Graubock. Sur Teke fällt vor Sur Etschki tot zu Boden. Da verwünscht die Grauziege Sur Etschki den Jäger, klagt ihn an, er habe ihr Geschlecht ausgerottet, und spricht zu ihm vom Berg herab: »Du hast unseren Vater getötet und unserem Geschlecht ein Ende bereitet. Von nun an seist du verflucht. Von nun an wirst du keine einzige Kreatur mehr erbeuten. Versuche nur, mich, die einsame, verwaiste Grauziege, zu fassen. Ich rühre mich nicht vom Fleck. Aber du wirst es nicht schaffen.«

Kodshodshasch bricht in schallendes Gelächter aus, so daß die Steine von den Bergen herabfallen, er verlacht die Worte der unglückseligen Grauziege. Er zielt auf sie, aber der Pfeil fliegt an ihr vorbei. Er versucht es ein zweites Mal und verfehlt sie erneut. Auch der dritte Versuch mißlingt. »Hol mich doch ein!« fordert die Grauziege Sur Etschki den Jäger heraus und rennt davon, dabei knickt sie ein, um vorzutäuschen, daß sie hinke. Der Jäger stürzt ihr nach und hofft, diese dreiste alte Grauziege in zwei Sprüngen einzuholen. Aber jedesmal, wenn er der hinkenden Sur Etschki nahekommt, springt sie weg und entkommt ihm. Die Jagd dauert bis zum Abend. Im aufgewirbelten Staub der

Bergpfade bemerkt Kodshodshasch gar nicht, wie ihn die Grauziege Sur Etschki auf einen unzugänglichen Berg lockt. Erst als vor ihm die steile Steinwand hochragt, stellt der Jäger fest, daß er sich auf dem Felsen befindet, von dem es keinen Ausweg mehr gibt, weder hinauf noch hinunter, weder rückwärts noch vorwärts. Er steht auf einem schmalen Absatz über dem Abgrund. Dann spricht die Grauziege Sur Etschki mit menschlicher Stimme, und ihre Stimme dröhnt wie ein Horn über alle Berge: »Das ist die Strafe für deine Grausamkeit gegenüber den wilden Tieren. Sei verflucht und beweine dein Schicksal bis zum letzten Augenblick deines Lebens so bitterlich, wie ich meine Kinder, die du getötet hast, beweine!«

Daraufhin hebt der Jäger Kodshodshasch sein Klagelied an, seine Stammesgenossen stehen unter ihm am Boden des Abgrunds. Kodshodshasch grämt sich, weil er gegenüber den Kreaturen der Wildnis so grausam war, er beweint sein Schicksal und seine Verlobte, die er nicht mehr heiraten können wird.

Die Braut bricht in die Berge auf, um der Grauziege Sur Etschki zu Füßen zu fallen und sie anzuflehen, den Fluch vom Bräutigam zu nehmen. Aber Jahrhunderte vergehen, und die Verlobte kann die Grauziege Sur Etschki in den Bergen nicht finden. Sie zieht durch die Berge und trifft auf die Hochzeit der Marder. Die Tierchen begleiten in einer Mondnacht die Braut mit den wie Diamanten leuchtenden Augen. Und die Verlobte des Jägers kniet, weint und grämt sich, daß ihr nicht das Glück der Marderbraut beschert sein wird ...

Deutsch von Friedrich Hitzer

Die Klage des Zugvogels

Jagdhunde freuen sich, wenn eine Reiterschar den Ail verläßt. Im Trubel des Aufbruchs gesellen sie sich hinzu, dann treibt keiner sie mehr zurück, da hilft kein Befehl, kein Drohen – sie folgen dichtauf, traben störrisch nebenher. Sonderbare Geschöpfe sind das – ständig zieht es sie hinaus aufs Feld, ins Freie, und je größer der Lärm, je dichter das Menschengetümmel, desto besser! Schließlich sind es Jagdhunde.

Eleman mußte seinem Hund bis zum See nachlaufen. Während er dem Bruder Turman half, mit dem Lasso einen Jungbullen einzufangen, den dieser im Zug der Frauen und alten Männer zur Beerdigung mitführen wollte, um ihn für das Totenmahl zu schlachten, hatte sich der Jagdhund Utschar bereits der Menge angeschlossen, als gehörte er dazu: er stöberte herum, schnupperte, sprang durch Gestrüpp und bellte ungeduldig, damit die Menschen sich schneller bewegten. Eleman konnte ihn rufen und locken, soviel er wollte – es war vergebens. Wie sollte der Hund auch begreifen, daß dies keine Jagdgesellschaft war, sondern ein Trauerzug auf dem bedrückenden Weg in einen anderen Ail, wo unerwartet die Schwester von Almasch, ein siebzehnjähriges Mädchen, gestorben war, und daß sich unter denen, die da auf Stuten und Ochsen saßen, kein einziger junger Dshigit auf nur halbwegs feurigem Roß befand! Woher sollte er wissen, daß alle Kirgisen aus der Umgebung des Issyk-Kul, die eine Waffe tragen konnten, an diesem Tag mit ihren besten Pferden weit hinter den Bergen, einen Dreitagesritt entfernt im Tal des Taltschu, bereitstanden, um den anrückenden Horden der Dsungaren eine Schlacht zu liefern. Den fünften Tag schon waren sie fort, aber noch immer hatte der Ail keine Kunde vom Taltschu. Dummer, dummer Hund – wem hätte in solch einem Augenblick, da ungewiß war, wie sich das Schicksal eines ganzen Volkes entscheiden würde, der Sinn nach der Jagd gestanden?

Doch warum soll einen Hund menschliches Leid anrühren, was kümmern ihn Krieg, Trennung, Tod, Sorgen und überhaupt der Lebensinhalt der Menschen – ausgenommen die Jagd, sei es auf Füchse oder Hasen, bei der die Menschen auf ihren Pferden zu ebenso grimmigen, unermüdlichen Verfolgern werden wie Hunde.

Utschar winselte vor Ungeduld, bald lief er voraus, kläffte und flehte die Leute mit seiner ganzen Erscheinung, mit Blicken und Sprüngen an, sich doch zu beeilen, seinem Beispiel zu folgen, bald umkreiste er die Menge, jedenfalls ließ er sich von Eleman nicht einfangen. Ach, wie sehnlich wünschte sich der schwarze Jagdhund, daß die Rosse ihm nachsprengten, daß die Menschen, in den Steigbügeln aufgerichtet, sie mit gellenden Rufen anfeuerten, daß alle zu einem sprudelnden Strom verschmolzen im Wettlauf, im Stimmengewirr, im schneidenden, pfeifenden Gegenwind. Er rief sie und rief ...

Aber nein! Diese Menschen, die alten Männer und Frauen, die da aus verwandtschaftlichem Pflichtgefühl schweigsam und niedergedrückt Sengirbais untröstliche Schwiegertochter umgaben, nahmen ihn gar nicht wahr, den schwarzen Jagdhund Utschar. Anderes bewegte sie. In dieser unruhigen, gefährlichen Zeit begaben sie sich nur schweren Herzens zur Beerdigung, und weniger Almaschs wegen – wer war sie schon, diese Kelin, dieses Mädchen, das erst vor einem halben Jahr von Sengirbais Familie aufgenommen worden war – als vielmehr aus Achtung vor ihrem Mann, Koitschuman, der jetzt am Taltschu kämpfte, vor allem aber aus Achtung vor Sengirbai, dem großen Jurtenbaumeister, dem Stolz der kleinen und armen Sippe der Boso. Den dritten Tag schon lag der alte Sengirbai, von einem Anfall niedergeworfen, in seiner Zimmermannsjurte. Seit langem klagte er über sein Herz. Dennoch: als von den Schwägern die Kunde kam, daß die jüngere Schwester seiner Schwiegertochter, die siebzehnjährige Uulkan, plötzlich tot zusammengebrochen sei, da wollte der Jurtenbaumeister Sengirbai, wie es die Pflicht und der Brauch unter Schwägern gebieten, sogleich zum Begräbnis aufbrechen. Schon hatte er den Pelz übergezogen, schon stand sein Pferd gesattelt vor der Jurte, und die halbwüchsigen Söhne Turman und Eleman faßten ihn unter den Armen, um ihn in den Sattel zu heben – da griff er sich ans Herz und bekam den Fuß nicht mehr in den Steigbügel. Aufstöhnend klammerte er sich an die Mähne des Pferdes, taumelte, und nur mit letzter Kraft hielt er sich auf den Beinen.

Nun nahm, wie sie es des öfteren auch früher schon getan hatte, Kertolgo-saiip alles in ihre Hände. Sie verstand es, entschlossen zu handeln, wenn es erforderlich war. Zusammen mit den Söhnen trug sie Sengirbai in seine Zimmermannsjurte, entkleidete ihn und bettete ihn behende auf sein Lager. Dann sagte sie: »Usta, Gott wird dir verzeihen, dir fehlt doch die Kraft, zu den Schwägern zur Beerdigung zu reiten. Überlaß das mir. Nach dir bin ich der Aksakal dieser Familie, so wie es mir auch zukommt, die Altmutter unserer Boso-Sippe zu sein. Es wird die Schwäger schon nicht kränken, wenn ich unsere Leute zur Totenklage führe. Wer denkt jetzt auch an Kränkungen, wo Gott allein weiß, was am Taltschu geschieht, wie es dort unseren Söhnen ergeht – ob sie siegen oder sterben. Du siehst es ja selbst: solange jede Kunde fehlt, schweben alle in tausend Ängsten. Bete du um deine Genesung, denke an jene, die dort auf dem Schlachtfeld sind! Schone dich, du zählst als großer Mann in unserer Sippe, für mich aber bist du, Vater meiner Kinder, der Allergrößte. Erlaube mir, diese bittere Pflicht zu erfüllen. Rühre dich nicht vom Lager. Eleman bleibt bei dir, wir anderen brechen auf.«

So lauteten ihre Worte, und es erwiderte der Jurtenbaumeister, in die Kissen gesunken, bleich, kalten Schweiß auf der Stirn, mit matter Stimme: »Recht hast du, Frau. Da ich es nicht kann, reite du. Versammle alle aus unserer Sippe, damit Almasch nicht allein vor die Ihren treten muß. Beginnt schon von fern zu wehklagen, damit im weiten Umkreis zu hören ist, daß unsere gesamte Sippe trauert, wehklagt so laut, daß ihr mit euern Stimmen auch die Abwesenden ersetzt – ihren Schwiegersohn Koitschuman und mich, ihren kranken Schwager. Wissen soll sie: Mag der Krieg auch noch so nahe sein, unsere Toten werden wir bestatten und beweinen, solange wir Menschen sind.«

So brachen sie denn zum Begräbnis auf: die Mütter mit ihren Kindern, die alten Männer und Frauen aus der kleinen Sippe der Boso. Sie brachen auf, bangend um den Ausgang der Schlacht mit den Dsungaren, und keinen gab es in jenen Tagen, der nicht laut oder stumm gedacht hätte: Wie mag es dort stehen, im Tal des Taltschu? Warum kommt keine Kunde? Warum nur wissen wir nichts? Sie brachen lediglich auf, um dem

Brauch Genüge zu tun und die Ehre der Sippe zu wahren. Sie verließen ihren Ail finster, in tiefer Sorge.

Eleman kostete es viel Schweiß, ehe es ihm gelang, Utschar einzufangen und ihm den Gürtelriemen um den Hals zu legen – der Hund hätte sich sonst nicht von der Menge getrennt. Nun zerrte er am Riemen, suchte Eleman wieder zu entwischen. Doch der durfte ihn unter keinen Umständen ziehen lassen – in dem fremden Ail würden die dortigen Hunde über Utschar herfallen. Da gab es keinen Zweifel.

Den Jagdhund fest am Riemen haltend, blieb Eleman stehen; er wußte nicht, wie er sich in dieser Situation verhalten, was er den zum Begräbnis Reitenden sagen sollte. Guten Weg konnte er ihnen doch wohl nicht wünschen. Verwirrt stand er da, als sich seine Mutter, die Zügel straffend, im Sattel umwandte.

»Geh schnell nach Hause, steh hier nicht herum«, sagte sie streng. »Und kümmere dich um den Vater! Weiche keinen Schritt von seiner Seite, hörst du?«

Eleman nickte. Natürlich würde er tun, was sie ihm befahl. Während er der Mutter zuhörte, betrachtete er ihr alterndes, von braunen Fältchen durchfurchtes, gesammeltes Gesicht – so bekümmert hatte er sie noch nie gesehen – und dachte: Reite nur, wenn es sich nun mal so gefügt hat. Sorge dich nicht um uns, ich bin ja nicht mehr klein. Ich mache alles, wie du sagst, weiche dem Vater keinen Schritt von der Seite. Hauptsache, unser Koitschuman kommt mit dem Fuß im Steigbügel zurück und nicht über den Sattel geworfen. Alle Dshigiten sollen aufrecht im Sattel heimkehren, nicht draufgepackt. Um Vater und mich sei unbesorgt. Ich mache alles, wie du befiehlst, Mama.

Nur für einen kurzen Augenblick hatte Kertolgo-saiip

die Zügel angezogen, doch während sie ihren Sohn anblickte, ihren Jüngsten, der da mit dem schwarzen Jagdhund auf dem Pfad zurückblieb, verspürte sie im Herzen jäh einen schneidenden Schmerz: Was wird aus ihm, er ist doch noch ein kleiner Junge, wie mag es dem ältesten ergehen, lebt er noch, oder ist er vielleicht schon von Oiratenspeeren durchbohrt, was harrt ihrer aller morgen, was wird aus ihnen, was wird aus dem Volk?

Und um diese schrecklichen Gedanken nicht laut werden zu lassen, murmelte sie: »Lauf in den Ail, Söhnchen, ich gebe dich und deinen Vater in Gott Tengris Hand.« Schon wollte sie weiterreiten, da hielt sie noch einmal inne: »Sowie du nach Hause kommst, bereite dem Vater einen Aufguß von diesem Kraut ...«

»Klar, das mach' ich«, versicherte Eleman.

Die Mutter aber erklärte ihm genau, wie er den Heiltrunk bereiten müsse: zunächst das Kraut mit siedendheißem Wasser überbrühen, dann den Aufguß zugedeckt ziehen lassen und, nachdem er etwas abgekühlt ist, dem Vater davon zu trinken geben, bis ihm der Schweiß ausbricht, denn wenn er alles ausgeschwitzt hat, wird die Brust freier ...

»Hörst du auch zu, hast du verstanden?« forschte Kertolgo-saiip. Und als sie sich vergewissert hatte, daß alles hinreichend erläutert war, setzte sie ihren Gefährten nach, die sich allmählich am Seeufer entlang entfernten. Doch nach einem Blick in die Runde hielt sie abermals inne und stieg aus dem Sattel.

»Eleman, komm her zu mir!« rief sie. »Halt die Zügel, ich möchte zum See beten. Komm.«

Mit diesen Worten wandte sie sich um und schritt langsam und feierlich auf den See zu. Sie ging über seinen rötlichen Ufersand, den bei stürmischen Winden Sturzwellen angespült hatten. Mit dem schneeweißen Turbantuch auf dem Haupt, das streng und fest gebunden war und mit seinen weißen Falten ihr Gesicht umrahmte, sah sie schön aus, obwohl sie merklich gealtert war und an den Schläfen graue Strähnen hervorquollen. Ihr Körper war noch straff, ja wohlgestalt und kräftig, hatte sie doch, bis die Schwiegertochter Almasch ins Haus kam, die ganze Wirtschaft allein bewältigen müssen, eine Wirtschaft mit vier Männern: drei Söhnen und dem Ehemann – und man weiß ja, was die in der Tretmühle des Alltags für Nutzen bringen.

Gesammelt, den täglichen Sorgen und Gedanken bereits entrückt, schritt sie über den Sand zum See; von hohen Gedanken bewegt, blickte sie auf die unergründliche blaue Wasserfläche, auf die dahinter in fliederfarbener, unwirklicher Ferne aufragenden unwirklichen Gipfel der schneebedeckten Berge und auf die unwirklichen Wolken darüber. Das war der sichtbare und faßbare Weltenraum, in dem der Mensch lebte und von dem er abhing, das war die mächtige und gleich Gott Leben spendende Welt, die irdische Verkörperung Gottes.

Kertolgo-saiip verhielt auf den Kieselsteinen am Ufersaum, fast unmittelbar am Rande der schäumenden Brandung. Hierher war ihr auch Eleman gefolgt – mit dem Pferd am Zügel und dem Hund am Riemen.

Kertolgo-saiip fiel auf die Knie, der Sohn tat es ihr gleich, und sie flehte, nicht laut und nicht leise, mit gedämpfter Stimme: »O Issyk-Kul, du Auge der Erde, immerdar blickst du in den Himmel. An dich wende ich mich, ewiger, nie zufrierender Issyk-Kul, auf daß mich der Gott des Himmels, der Lenker der Geschicke,

Tengri, erhöre, wenn er von hoch droben in deine Tiefen schaut.

O Tengri, in der Stunde des Schreckens und der Gefahr gib du uns die Kraft, den feindlichen Oiraten standzuhalten. Beschütze unser aus sechs Geschlechtern hervorgegangenes kirgisisches Volk, das – da es auf Wiesen und Triften das Vieh weidet – in deinen Bergen von deinen Gaben lebt. Laß nicht zu, daß die Hufe von Oiratenpferden unsere Heimaterde zerstampfen. Sei gerecht – versage uns nicht den Sieg im ehrenhaften Kampf. Was geschieht nur dort, hinter jenen Bergen, im Tal des Taltschu? Was hat sich dort ereignet? Keine Kunde, kein Bote kommt vom Schlachtfeld – die Augen haben wir uns schon ausgesehn, erschöpft sind unsere Herzen von der Ungewißheit. Was geschieht dort? Was harrt unser morgen? Beschütze sie alle, die in den Kampf gezogen sind, o Tengri. Gib, daß wir sie in den Sätteln wiedersehn, bewahre uns davor, sie auf Kamele gepackt zurückzubekommen. Erhöre mein Flehen, Tengri, Mutter bin ich von drei Söhnen ...«

Eleman kniete zwischen dem Jagdhund Utschar und der langmähnigen Fuchsstute, die er an der Leine hielt. Er blickte auf den dunklen Buckel des Sees, auf die Wölbung des großen Wassers, das da atmete, sich hob und senkte wie ein lebendiger Rücken. Der See war ruhig zu dieser Stunde, flimmerte nur sanft gekräuselt. Ausgangs eines langen Winters, zu Frühlingsbeginn, waren die Ufer des Issyk-Kul kahl und öde, die angrenzenden Wälder noch unbelaubt, die Wiesen gelb und dürr, nirgends sah man Rauch über Ailen, nirgends dahinsprengende Reiter, Nomadenkarawanen oder weidende Herden.

Dafür kreisten bereits Zugvögel, die am Issyk-Kul

überwintert hatten, im Vorgefühl des Frühlings und ihres baldigen Abflugs in andere Breiten scharenweise über dem See, übten sich, zu Schwärmen vereinigt, mit kräftigen Flügelschlägen im schnellen Flug, am Fuße der Berge entlang. Durch die strahlende Frühlingsluft klangen weithin ihre erregten Schreie und Rufe.

Ganz nah rauschte ein Zug rotfüßiger Graugänse an Kertolgo-saiip und ihrem Sohn vorbei. Laut und ausgelassen kreischend, mit schrillem Geschnatter, jagten sie über ihre Köpfe hinweg – so tief, daß man das Pfeifen ihrer Flügelschläge hörte. Der Junge unterschied über dem See mehrere Zugvogelschwärme. Ob es freilich auch Gänse waren, Enten, Schwäne oder langbeinige rosafarbene Flamingos, hätte er nicht sagen können. Zu fern und zu hoch flogen diese Vögel. Nur ihre Stimmen drangen herüber – bald klar, bald undeutlich. Also werden sie heute oder morgen abfliegen, sagte er sich.

Die Mutter aber betete immer noch heiß und inbrünstig; alles, was ihr auf der Seele brannte, legte sie Gott Tengri dar. Das Schicksal möge ihrem Mann, dem großen Jurtenbaumeister Sengirbai, gnädig sein, bat sie, ballten sich doch über ihm die dunklen Wolken einer Brustkrankheit, nicht einmal sein Pferd habe er heute besteigen können.

»Behüte unseren Vater, den kunstfertigen Meister, o Tengri. Keine Jurte gibt es weit und breit, die nicht ein Werk seiner Hände wäre. Unzählbar sind die Wohnstätten, die er errichtet hat! Jeder braucht schließlich ein Dach überm Kopf: das Kind und der Greis, der Arme und der Reiche, der Schafhirt und der Stutenmelker.«

Dann betete sie, es möge ihm vergönnt sein, Enkel

zu wiegen. Sie betete und betete ... Hat der Mensch etwa wenig Kümmernisse?

Der große blaue See aber, dessen Auge inmitten schneebedeckter Felsgipfel zum Himmel aufsah, wälzte seine Wasser in finsteren Tiefen und spielte wie ein Lebewesen mit seinen prallen Muskeln – großen, trägen Wellen, die ziellos entstehen und ziellos vergehen. Es war, als rekle sich der See, als sammle er Kraft, um nachts loszutoben. Einstweilen schwärmten hoch über der hellen und klaren, von Frühlingssonne übergossenen Wasserfläche schreiend, im Vorgefühl des baldigen gemeinsamen Aufbruchs zu einer neuen Weltreise, die Zugvögel.

Noch immer betete die Mutter, sie betete inbrünstig und leidenschaftlich: »Ich beschwöre dich bei meiner weißen Muttermilch, erhöre mich, Tengri! Wir sind hierhergekommen, zu deinem irdischen Auge, zum heiligen Issyk-Kul, um uns an dich zu wenden, großer Lenker der Geschicke, himmlischer Tengri. Hier siehst du mich und neben mir meinen Sohn Eleman – er ist mein letztes Kind, weitere werde ich nicht mehr empfangen, weder einen guten noch einen schlechten Menschen werde ich noch gebären, um eins nur bitte ich dich, verleihe meinem Jüngsten die Gabe des Vaters, die Meisterschaft Sengirbais, ihn selbst zieht es schon zu diesem Handwerk. Er aber hat noch einen Wunsch, mein Sohn Eleman, er möchte ein Manas-Sänger werden wie sein Bruder Koitschuman. Verwehre ihm das nicht, schenke ihm vor allem die Kraft des uralten Liedes, laß es wie einen Baum Wurzeln schlagen in seinem Herzen, auf daß er dieses uns von Vorvätern und Vätern überkommene Lied bewahre für seine Kinder und Enkel, gib ihm eine solche Kraft, einen solchen

Geist, daß sein Gedächtnis das Lied unserer Vorfahren aufnimmt, überliefert seit der Zeit, da sie Kirgisen geworden sind.

Ich bin Mutter dreier Söhne, Tengri, erhöre mein Flehen. Mit uns bitten dich der Sprache nicht mächtige Geschöpfe, die des Menschen Gefährten sind – unser Jagdhund Utschar, der zur Rechten meines Sohnes steht, er holt jede Beute ein, und die langmähnige Fuchsstute zur Linken meines Sohnes, die bislang noch jedes Jahr gefohlt hat.«

Obwohl die Mutter leise, mit gedämpfter Stimme betete, schien es Eleman, als flögen ihre Worte über den ganzen See und breiteten sich aus wie ein heißer, beschwörender Ruf, den die umliegenden Berge mit einem erregten, teilnahmsvollen Echo beantworteten: »Erhöre mich, Tengri, erhöre, erhöre ...«

Als sie schließlich das Pferd bestieg und ihren Gefährten nacheilte, deren kleine Schar sich am Seeufer entfernte, blieb er noch lange stehen, den Jagdhund Utschar an der Leine. Zu jung war er, um zu ahnen, daß er viele Male an diesen Tag, an die Stunde, da die Mutter am See gebetet hatte, zurückdenken und bei der Erinnerung Tränen des Glücks und der Bitternis vergießen würde, dankbar, daß die Mutter für ihn von Tengri die Gabe eines großen Manas-Sängers erfleht hatte. Später sollte ihn das Volk »Stimmgewaltiger Manastschi Eleman« nennen; noch aber konnte er nicht wissen, daß seine jungen Jahre von der schweren Zeit der Oiratenüberfälle überschattet sein und daß die Menschen das Lied von Manas nur bei heimlichen Zusammenkünften in abgelegenen Felsenschluchten hören würden, noch konnte er nicht wissen, daß ihn der Prolog des Manas stets an das Gebet seiner Mutter am

See erinnern würde, seiner Mutter, die längst von den Oiraten getötet war, weil sie ihren Sohn, den Sänger, verborgen gehalten hatte, und daß er in dem prophetischen Sinn des Prologs sowohl Trost finden würde als auch eine Quelle für die Erkenntnis der Größe, der Schönheit und des gedanklichen Reichtums dieses Liedes, das von der Unsterblichkeit ihres Volkes kündete. Noch konnte er nicht wissen, daß gerade ihm bestimmt war, den verschreckten Menschen den »Manas« in die Erinnerung zu rufen:

»O Kirgisen, hört die Kunde von Manas, dem größten Sohn, den jemals unser Volk besaß.

Die Tage seither sind verronnen wie Sand, die zahllosen Nächte sind unwiederbringlich dahin, Jahre und Jahrhunderte sind, einer Karawane gleich, in spurloser Ferne entschwunden. Seit seinen Tagen lebten so viele Menschen auf dieser Welt, wie es Steine gibt auf Erden, vielleicht sogar mehr. Berühmte Leute waren darunter und unbekannte, gute und böse, hünenhafte und tigergleiche, weise und kunstfertige. Große Völker gab es, an die längst nur noch die Namen erinnern.

Was gestern war, ist heute vorbei. In dieser Welt ist alles im Kommen und Gehen. Allein die Sterne sind ewig, die ihre Bahn ziehen unter dem ewigen Mond, allein die ewige Sonne geht tagaus, tagein im Osten auf, allein die schwarzbrüstige Erde bleibt an ihrem ewigen Platz. Auf Erden aber lebt nur das menschliche Gedächtnis lange, dem Menschen selbst ist ein kurzer Weg beschieden – kurz wie der Abstand zwischen seinen Brauen. Allein der Gedanke ist unsterblich, den der Mensch dem Menschen überliefert, ewig ist das Wort, das ein Nachfahre dem andern weitergibt.

Viele Male seither hat die Erde ihr Antlitz verändert. Wo vorher keine Berge gewesen waren, wuchsen gewaltige Berge empor. Wo vorher Berge gestanden hatten, breiteten sich kahle Flächen aus. Schluchten ebneten sich ein, als verliefen sie durch Teig. Flußufer verschmolzen. Inzwischen schnitten Regengüsse neue Gräben und neue Abgründe in die Erde. Wo aber seit der Erschaffung der Welt blaue Meere gewogt hatten, lagen nun Sandwüsten in schweigender Weite. Städte wurden gebaut, Städte wurden zerstört, und über alten Mauern erhoben sich neue ...

Doch seither gebar ein Wort ein neues Wort, gebar ein Gedanke einen neuen Gedanken, knüpfte Lied sich an Lied, erwuchs aus Begebenheiten die Legende. So erreichte uns die Sage von Manas und seinem Sohn Semetej, die zum Bollwerk der kirgisischen Stämme geworden sind, zu ihrem Schutz und Schirm vor vielen Feinden.

In dieser Sage erwecken wir die Stimmen der Väter und Vorväter, erleben wir den Vogelzug, der längst entschwunden, den Hufschlag, der längst verstummt ist, die Rufe von Recken, die sich im Zweikampf gegenübergestanden haben, Totenklage und Siegesgeschrei. Aufs neue ersteht in diesem Lied vergangenes Leben: für die Lebenden und zum Ruhme der Lebenden.

Beginnen wir also unser Epos von dem großen, dem einzigartigen Manas und seinem heldenmütigen Sohn Semetej, lassen wir es erklingen zum Ruhme der Lebenden!«

Wie sollte der Junge schon wissen, daß ihm dank Gottes Gnade bestimmt war, ein Künder des Volkswortes zu werden in den Tagen der Not und der schweren

Prüfungen unterm Dsungarenjoch, wie sollte er wissen, daß die Feinde tausend edle Rosse auf seinen Kopf setzen würden und daß er, verraten, gemartert, mit ausgestochenen Augen, unter der glühenden kasachischen Steppensonne umkommen würde! Daß er sich in seinen letzten Augenblicken, verblutend, verdurstend, dieses Tags erinnern würde, dieser Stunde, dieses Sees, vor dem sich seine Mutter verneigte, und dieser Vögel, die bald in fremde Lande fliegen würden, und daß er, dieses Bild vor Augen, als wäre es Wirklichkeit, sterben würde, den Ruf »Mutter!« auf den Lippen.

All das lag für ihn noch in der Zukunft – Ruhm, Kampf und Tod.

Jetzt aber stand er einfach am Ufer des Issyk-Kul, dort, wo die Mutter gebetet hatte, und hielt den Jagdhund Utschar fest an der Leine, damit er sich nicht unversehens losriß und der Menge nachsetzte, die dem Blick bereits entschwand. Dann besann er sich, erinnerte sich des kranken Vaters.

»Komm, Utschar, komm!« rief er streng und eilte durch das schmale Tal zwischen den Uferbergen zum Ail. Während er sich vom See entfernte, hörte er in seinem Rücken noch lange das Stimmengewirr, die Schreie der schwärmenden Vögel.

In jener Nacht, als schon der Morgen graute, entschlief vor den Augen seines jüngsten Sohnes Eleman der große Jurtenbaumeister Sengirbai. Die letzten Worte, die der Vater sagte, röchelnd, nach Luft ringend, mit schwerer Zunge, waren kaum noch zu verstehen. Aber Eleman, der sich zitternd über ihn geneigt hatte und bei der flackernden Flamme des offenen Feuers in den Zuckungen seiner erstarrenden Lippen las, erriet, was er sagen wollte. Zwei Wörter hatte er erhascht: »Was ... Taltschu.«

Da konnte er die Tränen der Verzweiflung nicht länger zurückhalten, ob er sich auch auf die Lippen biß, und er rief, laut aufschluchzend: »Nein, Vater, noch gibt es keine Kunde. Ich will dich nicht betrügen. Nichts wissen wir. Ich bin hier allein. Hörst du? Ich habe Angst. Stirb nicht, Vater, stirb nicht. Bald kommt Mutter zurück ...«

Erreichten die Worte den sterbenden Vater? Wer weiß es! Er verschied im selben Moment mit offenen Augen. Und als das geschehen war, als der Schatten des Todes das Antlitz des Vaters blitzartig fremd und schrecklich gemacht hatte, stürzte der Knabe entsetzt aus der Jurte, rannte er besinnungslos, voller Furcht davon. Schreiend und schluchzend lief er, ohne zu wissen, wohin; hinterdrein sprang, den Schwanz erschrocken eingeklemmt, der Jagdhund Utschar. Erst am tosenden Gestade des Sees kam Eleman zur Besinnung. Erstarrt blieb er stehen. Der Issyk-Kul wütete in jener Nacht, wogte und brodelte unter schäumenden Brechern. Doch von oben drangen ganz andere Laute an Elemans Ohr – ein unaufhörliches Stimmengewirr. Er hob den Kopf, da war der grauende Himmel, so weit er sehen konnte, voller Vögel. In weiten Kreisen stiegen sie hoch über den See, um die Bergrücken zu überwinden. Noch ein letzter Kreis, dann formierten sie sich zu einem riesigen Strom, schwangen sich höher und höher und nahmen schließlich Kurs auf die Boom-Schlucht, über den Paß hinweg, in Richtung des Taltschu. Eleman begriff, daß sie einen weiten Flug vor sich hatten und für lange Zeit wegzogen, daß auf ihrem Weg in unbekannte ferne Gegenden das Tal des Taltschu lag; er nahm alle Kraft zusammen und schrie, so laut er konnte: »Unser Vater ist tot! Sagt es meinem Bruder Koitschuman – unser Vater ist tot, tooot!«

Wir flogen lange über Berge dahin. An einem Paß trieb heftiger Wind schiefergraue Wolkenballen auf uns zu. Erst gerieten wir in Regen, dann schlug uns eisiger Schnee entgegen, und unsere durchnäßten Federn begannen zu erstarren, schwerer und schwerer fiel uns das Fliegen. Unser Schwarm kehrte um, die anderen folgten uns, erneut kreisten wir schreiend über dem See, gewannen dabei noch mehr an Höhe und begaben uns erneut auf die Reise, diesmal hoch über den Bergen und über den Wolken. Als uns die Strahlen der Morgensonne einholten, hatten wir den Paß bereits überwunden, und unter uns dehnte sich weithin das Tal des Taltschu. O segenspendendes Tal, tief reicht es hinein in die großen Steppen; so weit wir blicken konnten, war es von Sonnenlicht übergossen, schon grünte das Land, und die Bäume standen voller Knospen – prall wie die Leiber trächtiger Stuten.

Silberglänzend schlängelte sich der Fluß Taltschu durchs Tal, und ebendiesen Fluß entlang führte uns die Reise. Mit sehnsüchtigen Rufen grüßten wir das Tal, und allmählich näherten wir uns wieder der Erde, denn vor uns, den Taltschu abwärts, auf weitem, schilfbewachsenem Schwemmland, harrte unser die erste Rast auf dem langen, ewig gleichen Weg der Vogelkarawanen. Hier wollten wir ausruhen, wollten Futter suchen, um danach die Reise mit neuer Kraft fortzusetzen. Doch diesmal verwehrte uns das Schicksal den gewohnten Rastplatz.

Mit Flügeln und Schwanzfedern den Flug drosselnd,

näherten sich unsere Schwärme der vertrauten Flußniederung, da erblickten wir unter uns jäh ein menschliches Schlachtfeld. Es war ein schreckliches Schauspiel. Zahllose Menschen, Tausende und aber Tausende, beritten und zu Fuß, waren hier, auf unserem Schwemmland, aneinandergeraten. Die Luft war erfüllt von Getöse und Gebrüll, von Winseln und Stöhnen, von Wiehern und Schnauben. So weit wir sehen konnten, vernichteten die Menschen einander in blutiger Schlacht. Bald stürmten sie in großen Scharen, unter furchterregenden Schreien und mit gefällten Lanzen aufeinander los, stießen sich gegenseitig zu Boden, zerstampften die Gestürzten mit den Hufen der Pferde, bald wieder liefen sie auseinander; und wo die einen flohen, setzten ihnen die anderen nach. Manche kämpften im Schilf mit Messern und Säbeln, schnitten einander die Kehlen durch, schlitzten Bäuche auf. Menschen- und Pferdeleichen türmten sich, viele Erschlagene lagen im Wasser, auf überschwemmtem Grund, behinderten die Strömung, und das Wasser, bedeckt mit Blasen und von dunklem Blutschleim durchzogen, rann nach allen Seiten, wurde unter den Hufen der Pferde zu blutigem Brei.

Unsere Schwärme stockten ratlos, ein Höllenlärm erhob sich in den Lüften, unsere Reihen gerieten durcheinander, und so kreisten wir nun am Himmel – eine brodelnde Wolke verschreckter Vögel. Lange konnten wir uns nicht fassen, lange flogen wir über den unglücklichen Menschen, die einander töteten, lange sammelten wir unsere Scharen, lange fanden wir keine Ruhe. Es gelang uns nicht, dort Rast zu machen, wir mußten diesen verfluchten Ort verlassen und weiterfliegen.

Verzeiht, ihr Zugvögel! Verzeiht, was war, verzeiht, was noch kommen wird. Ich kann euch nicht erklären, und ihr werdet nie verstehen, warum das menschliche Leben so eingerichtet ist, warum auf Erden so viele getötet wurden und weiterhin getötet werden. Verzeiht um Gottes willen, verzeiht, ihr Vögel am Himmel, die ihr in klarer Weite eure Bahn zieht ... Nach der Schlacht praßten dort die Aasgeier, schlugen sich die Wänste voll bis zum Erbrechen, bis sie keinen Flügel mehr bewegen konnten. Schakale fraßen bis zum Umfallen, bis sie kaum noch kriechen konnten. Fliegt, fliegt weit weg von dieser grausigen Gegend!

So ist es seit Urbeginn: Sobald ihre Zeit gekommen ist, nicht früher und nicht später, begeben sich die Vögel auf die weite Reise. Sie fliegen unbedingt, unwandelbar, auf immer denselben Wegen, die nur sie kennen, fliegen vom einen bis ans andere Ende der Welt. Sie fliegen durch Gewitter und Sturm, bei Tag und bei Nacht, unermüdlich schlagen sie mit den Flügeln, sie schlafen sogar im Flug. So will es die Natur. Nach dem Norden, zu den großen Strömen fliegt die gefiederte Schar, um auf angestammten Nistplätzen die nächste Brut aufzuziehen. Im Herbst aber brechen sie samt ihrer inzwischen gekräftigten Nachkommenschaft gen Süden auf, und so geht es ohne Ende.

Nun fliegen wir schon viele, viele Tage. In dieser unirdischen, eisigen Höhe tost der Wind gleich einem endlosen Strom, oder ist es die Zeit selbst, die im unermeßlichen All unsichtbar dahinströmt, wer weiß wohin?

Unsere Hälse gleichen Pfeilen, unsere Körper aber

gleichen Herzen, angestrengten und unermüdlichen Herzen. Noch lange müssen wir fliegen – Flügelschlag um Flügelschlag.

Wir fliegen, schwingen uns höher und höher. So hoch, daß die Berge flach werden, dann gänzlich verschwinden und die Erde, immer weiter entfernt, ihre Umrisse verliert: Wo ist da noch Asien, wo Europa? Wo sind die Ozeane, wo die Kontinente? Öde und leer ist alles ringsum – nur unsere Erdkugel wiegt sich sacht, zieht durchs endlose All wie ein Kameljunges, das sich in der Steppe verirrt hat und die Mutter sucht. Wo aber ist sie, die Kamelmutter – wo ist die Mutter der Erde? Kein Laut! Nur der Höhenwind tost, und die Erde, nicht größer als eine Faust, wiegt sich und zieht durchs All. Wie der Kopf eines verwaisten Kindes wiegt sie sich – so schutzlos, so verletzlich. Findet auf ihr wirklich so viel Gutes Platz, werden auf ihr wirklich so viele Übeltaten verziehn? Nein, ihr dürft nicht verzeihn, ich bitte euch, tut es nicht – ihr, die ihr dem Feuer gebietet, die ihr die Welt erkennt, die ihr des Schicksals Lauf lenkt. Nur ein Vogel bin ich in diesem fliegenden Schwarm. Ich fliege mit den Kranichen und bin selbst ein Kranich. Auch ich orientiere mich nachts nach den Sternen, tags nach den Fluren und Städten. Und ich mache mir meine Gedanken.

Ich fliege und weine,
fliege und weine,
fliege und weine.
Ich beschwöre Menschen und Götter:
Bedenkt, was ihr tut,
daß ihr unbedacht nicht die Erde vernichtet!
Gewiß doch, ihr Menschen:

Wenn Kranichtränen euch netzen –
was kümmert es euch? Wischt sie weg!
Und dennoch, ja, dennoch:
Behüt euch der Himmel
vor Leid, das kein Mensch mehr erträgt,
vor Feuersbrünsten, die keiner mehr löscht,
vor blutigen Kriegen, die keiner aufhält,
vor Taten, die keiner mehr gutmacht.
Behüt euch der Himmel
vor Leid, das kein Mensch mehr erträgt.

Der Schwarm entschwindet in der Ferne dem Blick. Nicht mehr auszumachen sind die Flügelschläge. Eben noch wirkte der Vogelzug wie ein Pünktchen am Himmel, nun hat auch das sich verloren.

Doch die Zeit geht ins Land: Wieder ist Frühling, und wieder ertönen Kranichschreie hoch droben ...

Deutsch von Charlotte Kossuth

Worterklärungen

Ail – kirgisisches Dorf
Aksakal – ehrerbietige Anrede für einen älteren oder höherstehenden Mann, wörtlich: Weißbärtiger
Aryk – Bewässerungsgraben
Dshigit – junger Bursche
Dubal – Einfriedung kirgisischer Gehöfte, oftmals eine Lehmmauer
Issyk-Kul – Größter See in Tienschan, bildet mit seiner Uferzone ein großes Naturschutzgebiet Kirgisiens
Kantschu – Riemenpeitsche
kaschgarisch – Adjektiv zu Kaschgar, der chinesischen Oasenstadt am Westrand des Tarimbeckens; Karawanenstützpunkt, Zentrum eines ausgedehnten Bewässerungsgebiets
Kelin – jungverheiratete junge Frau
Komus – kirgisisches dreisaitiges Zupfinstrument
Kumys – gegorene Stutenmilch
Mujum-Kum (kas.) – Savanne im Westen Kasachstans, grenzt im Süden an das Kirgis-Alatáu
Saiga – bis 1,4 m lange Antilope in der Steppe der südlichen Sowjetunion. »Aus einer sterbenden Art ist in drei Jahrzehnten das zahlreichste wilde Huftier der Sowjetunion geworden. Hunderttausende von Menschen decken dadurch ausschließlich ihren Fleischbedarf – von Landstrichen, die sonst überhaupt nicht für Menschen zu nutzen sind.« (Dr. B. Grzimek)
Saxaul – Salzsteppenstrauch, Halaxylon. Knorriges Holzgewächs in Sand- und Salzwüsten
Sowchos – staatlicher landwirtschaftlicher Großbetrieb in der Sowjetunion
Tschij – hochwachsendes Steppengras in Zentral- und Mittelasien
Werst – alte russische Längeneinheit, entsprach 1066,80 m

Tschingis Aitmatow im Unionsverlag

Dshamilja
96 Seiten, gebunden oder als UT 1

Ein Tag länger als ein Leben
512 Seiten, UT 57

Die Klage des Zugvogels
240 Seiten, gebunden oder als UT 32

Aug in Auge
112 Seiten, UT 30

Der weiße Dampfer
160 Seiten, gebunden oder als UT 25

Abschied von Gülsary
216 Seiten, UT 16

Der Richtplatz
464 Seiten, UT 13

Du meine Pappel im roten Kopftuch
168 Seiten, UT 6

Das Kassandramal
412 Seiten, gebunden

Die weiße Wolke des Tschinggis Chan
144 Seiten, gebunden

Tschingis Aitmatow/Daisaku Ikeda
Begegnung am Fudschijama
400 Seiten, gebunden

Bestellen Sie unseren kostenlosen Verlagsprospekt:
Unionsverlag, Rieterstrasse 18, CH-8059 Zürich